DesGlaç

Col·lecció Raigs globulars

(3)

DesGlaç

Ilija Trojanow

Traducció de Lidia Álvarez
Pròleg de Jorge Riechmann

Primera edició: octubre 2012

Títol original, *EisTau*
© 2011 Carl Hanser Verlag München
© de la fotografia d'Ilija Trojanow, Peter-Andreas Hassiepen

Disseny de la coberta: Noemí Giner
Il·lustració de la coberta: Elena Macías
Disseny editorial: Ana Varela
Correctora: Montserrat Solé

Publicat per Rayo Verde Editorial S.L.
Comte Borrell 115, àtic 2ª
Barcelona 08015
raigverd@raigverdeditorial.cat
www.raigverdeditorial.cat

Imprès en El Tinter, empresa certificada EMAS

FSC
www.fsc.org
MIXT
Paper procedent de
fonts responsables
FSC® C016706

Aquest llibre s'ha realitzat amb tintes compostes amb olis vegetals i amb planxes que redueixen el consum de tinta.

El plastificat de la coberta s'ha dut a terme amb un polipropilè reciclable a l'aigua i que augmenta la durabilitat del llibre.

El transport i embalatge d'aquests llibres s'han efectuat amb capses de cartró corrugat 100% reciclat. S'ha evitat l'ús d'embolcalls plàstics.

Un cop llegit el llibre, si no el vols conservar, el pots deixar a l'accés d'altres, passar-l'hi a un company de feina o a un amic que li pugui interessar. En el cas de voler llençar-ho (cosa impensable), feu-ho sempre al contenidor blau de reciclatge de paper.

Dipòsit legal: b-25937-2012
ISBN: 978-84-15539-16-2
BIC: FA

Pròleg de Jorge Riechmann

Pèrdues

Saben vostès què significa *criosfera*? Es tracta d'una cosa que estem perdent ràpidament. No hauríem de conèixer els noms de les coses i els éssers que se'ns van, abans de perdre'ls definitivament? Ah, diu algú, aquest ja està fotent l'il·lús una altra vegada, el món real no funciona així.

A la novel·la que esteu a punt de llegir, les glaceres moren i se sap que els historiadors s'extingiran abans que l'última au marina. Memoritzin la paraula *criosfera*.

Amenaces

El canvi climàtic no amenaça el planeta com a tal: la Terra ha conegut violentes transformacions climàtiques en el curs de la seva llarga existència. Els nivells més bàsics de la biosfera ho aguanten tot —pensem en el món bacterià—. Però l'escalfament sí que amenaça bona part de les espècies que habiten el nostre món, les que ens importen més —aquests animals i plantes que anomenem «superiors»—, i suposa una amenaça molt seriosa pel futur d'això que anomenem civilització humana.

La diferència entre la mitjana de temperatures en l'últim mil·lenni i l'edat del gel, que va finalitzar fa uns 12.000 anys, és només de 3 °C. Si l'escalfament global que estem coneixent superés els 2 °C respecte de l'era preindustrial —i probablement ja sigui massa tard per evitar-ho—, les conseqüències serien catastròfiques.

Causes i efectes

L'escalfament climàtic és, d'una banda, el problema ambiental més greu i urgent a què s'enfronta la humanitat en el segle XXI. El seu potencial de desestabilització és terrible: en el límit el major perill no consisteix en la degradació dels ecosistemes (en el llarg termini dels temps geològics la naturalesa es recupera fins i tot després de grans catàstrofes, arribant a noves situacions d'equilibri) sinó més aviat en la desintegració de societats senceres (a causa de la fam i les mancances sanitàries, les migracions massives i els conflictes recurrents pels recursos escassos).

Però, d'altra banda, l'escalfament climàtic és efecte i no causa: símptoma de mals i trastorns que tenen arrels més profundes. L'excessiva acumulació de gasos d'efecte hivernacle a l'atmosfera resulta dels impactes humans sobre el territori com els «canvis d'usos del sòl», incloent l'agricultura i ramaderia industrials, i la crema de combustibles fòssils. És ni més ni menys la base energètica de la societat industrial, i les seves formes d'ocupació del territori, el que està en qüestió.

Quan s'aprofundeix en l'anàlisi es veu que aquest model de producció i consum ens ha portat a un carreró sense sortida, i que els canvis necessaris per evitar un col·lapse no són superficials, ni de naturalesa primordialment tècnica, sinó molt profunds i amb una ineludible dimensió eticopolítica. Quan la societat industrial xoca contra els límits biosfèrics, i l'escalfament climàtic és l'expressió més visible d'aquest xoc, el que necessitem és avançar en una cultura de la sobrietat i l'autocontenció, capaç de «viure bé amb menys»[1].

Una mica de serietat

No són serioses les posicions «negacionistes» del canvi climàtic antropogènic —important adjectiu que significa: causat per l'ésser humà—. No hi ha científics solvents que les recolzin: es tracta d'espesses cortines de fum l'origen de les quals pot rastrejar-se fins a interessos econòmics molt concrets, en general les transnacionals del petroli i els automòbils. Però, pels peculiars mecanismes de la societat mediàtica, aquestes posicions «ecoescèptiques» que no troben el menor lloc en les revistes científiques serioses —amb els seus rigorosos mecanismes de control de qualitat— es van esponjant en els setmanaris per al gran públic i els llibres de divulgació, i arriben a la seva apoteosi en els talk-shows televisius: aquí apareixen no poques vegades una persona a favor i una altra en contra, com si els arguments que hi ha darrere fossin equivalents.

Fins al 1995 encara es discutia sobre els ritmes del procés i sobre si la fase d'escalfament més ràpid ja s'havia iniciat o no. Un moment decisiu va arribar a la fi d'aquest any: els científics de l'IPCC (Comissió Intergovernamental sobre el Canvi Climàtic, que representa —és important subratllar-ho— el consens científic mundial sobre aquest fenomen) van donar finalment per cert el començament de l'escalfament induït per l'activitat humana en el seu segon informe d'avaluació[2]. El tercer i el quart —aquest últim fet públic el 2007— no han fet sinó enfortir l'evidència disponible.

He d'insistir que és així de greu: un increment de 5 o 6 °C

---

[1] Ho argumentem Manfred Linz, Jorge Riechmann i Joaquim Sempere a *Viure (bé) amb menys. Sobre suficiència i sostenibilitat*, Icaria, Barcelona, 2007.

[2] IPCC: *The Science of Climate Change*, Cambridge University Press, 1996.

sobre la temperatura mitjana de la Terra (pel que fa als començaments de la industrialització), increment cap al qual anem encaminats si no «descarbonitzem» les nostres economies ràpidament i a gran escala, ens portaria a una biosfera inhòspita, probablement similar al que els paleontòlegs designen amb la gràfica expressió d'«infern de l'eocè». En un món així, centenars de milions d'éssers humans moririen abans de finals del segle XXI, i cal suposar que la vida dels supervivents no tindria res d'envejable.

Es tracta d'una amenaça existencial. Portem un retard de decennis en l'acció eficaç per contrarestar la crisi socioecològica planetària (de vegades designada amb l'eufemisme de «canvi global»). No podem permetre continuar perdent el temps.

És propi de la nostra naturalesa ser egoistes, necis i autodestructius?

«Suposo que està en la nostra naturalesa ser egoistes, necis i autodestructius», escriu en una carta a un important diari del Regne d'Espanya una lectora de Sabadell, angoixada —«escric aquesta carta plena d'indignació, tristesa, impotència...»[3]— davant les notícies que li anaven arribant durant l'estiu de 2012 sobre el desglaç a Groenlàndia, l'Àrtic i les altres grans masses de gel que componen la criosfera del planeta. Però no, Silvia: no està en la nostra naturalesa biològica ser egoistes, necis i autodestructius. En certs contextos —ho sabem per la història, l'etnologia, l'antropologia cultural, la

---

[3] Silvia Romeu, «Salvemos el Ártico», *El País Semanal*, 2 de setembre de 2012.

sociologia, la psicologia i les neurociències— ens les arreglem per ser generosos, previsors i col·lectivament intel·ligents[4].

El que sí és cert, sense cap dubte, és que el sistema socioeconòmic actual —capitalisme basat en combustibles fòssils de dos segles ençà, rematat amb una plutocracia financera global en els últims tres decennis aproximadament—, aquest sistema no constitueix un d'aquests contextos propicis. El sentit comú necessari per construir societats ecològicament sostenibles [5] xoca contra la dominació del capital especulatiu, contra la «sínia de la producció» que tritura els recursos naturals, contra la cultura del curtíssim termini i la immediatesa, contra la «plètora miserable» que analitzava Paco Fernández Buey, contra la pastanaga consumista que guia l'ase popular col·lectiu que creix en societats infantilitzades, preses de l'espectacle mediàtic i els gadgets d'alta tecnologia, mentre els fonaments bàsics de la nostra existència es quarteren i s'enfonsen...

Canvi climàtic i no linealitat

Doncs això és, en efecte, el que està passant. «Groenlàndia es fon», hem llegit en titulars de premsa aquest estiu de 2012, que ha resultat ser una altra vegada extraordinàriament càlid. Kalaallit Ninaat —així anomenen Groenlàndia els nadius inuit— està perdent 250 quilòmetres cúbics de gel cada any: el doble que fa tot just una dècada. I per què hauria de preocupar el desglaç?

A risc de fer-me pesat, ho repetiré: en un lapse de temps que no es mesura en segles sinó en decennis, un canvi climàtic

---

[4] He desenvolupat certa reflexió sobre la naturalesa humana a Jorge Riechmann, «Acerca de la condición humana», capítol 4 de *Interdependientes y ecodependientes*, Proteus, Barcelona 2012.

[5] Remeto aquí al meu assaig *Biomímesis*, Los Libros de la Catarata, Madrid 2006.

ràpid i descontrolat pot acabar amb les condicions per a una vida humana decent al planeta Terra, i potser fins i tot amb l'espècie humana en el seu conjunt. En efecte, els impactes actuals sobre la biosfera —i l'ús insostenible d'energia proporciona una bona aproximació a l'impacte ambiental global— ens situen a l'avantsala d'un planeta no habitable per moltes espècies vives, potser entre elles l'espècie humana.

Un fenomen de crucial importància aquí és la no linealitat de molts fenòmens naturals i socials —i en particular, la no linealitat del sistema climàtic—. No linealitat vol dir que hi pot haver canvis bruscs des d'un estat a un altre molt diferent, quan es sobrepassen certs llindars. No es tractaria, per entendre'ns, de quelcom anàleg a una rodeta que regula el volum de so d'un aparell, sinó de l'equivalent a un interruptor amb dues posicions: ON / OFF.

Per fer-nos una idea: segons investigacions recents, un dels cinc episodis de megaextinció que ha conegut en el passat nostre planeta —la quarta gran extinció, a la frontissa entre els períodes Permià i Triàsic, fa uns 250 milions d'anys— va resultar d'un d'aquests canvis d'interruptor climàtic. Es creu ara que l'intens vulcanisme associat amb la fragmentació del primitiu «supercontinent» Pangea va injectar a l'atmosfera quantitats considerables de diòxid de carboni, provocant un escalfament inicial moderat —anàleg al que estan produint ja ara les emissions antropogèniques de gasos d'efecte hivernacle— però aquest escalfament va activar un altre mecanisme, l'alliberament d'enormes quantitats de metà emmagatzemat en els fons marins, en forma de clatrats de metà. Tal alliberament de metà dels fons oceànics —el metà és un potentíssim gas d'efecte hivernacle— seria el que va augmentar la temperatura mitjana del planeta en altres 5 °C, la qual cosa va produir un veritable tomb climàtic, el pitjor episodi de megaextinció que ha conegut el nostre planeta: va desaparèixer el 96% de les espècies marines i el 70% de les espècies de vertebrats terrestres. Després de la catàstrofe només va sobreviure aproximadament un 10% de les espècies presents a la fi del Permià. Amb tan poca biodiversitat resultant, la vida va trigar molt temps a recuperar-se. L'anomenada «hipòtesi del fusell de clatrats» (*clathrate gun hypothesis*) ha estat reforçada per noves i recents evidències[6].

Episodis singulars

Més enllà de l'escalfament gradual, que en els models climàtics habituals és el resultat de perllongar cap al futur tendències més o menys lineals, hi ha el risc que ocorrin els anomenats episodis singulars: canvis abruptes i no lineals provocats per un escalfament addicional del planeta, un cop es sobrepassin certs llindars crítics. Vegem-ne alguns exemples:

- Fusió dels gels de Groenlàndia, el que provocaria una pujada del nivell del mar d'uns set metres.
- Col·lapse de la circulació termohalina de l'Atlàntic Nord («Corrent del Golf»), el que podria causar un refredament del nord i l'oest d'Europa.
- Emissió de grans quantitats de metà generades pels hidrats de gas natural avui fixats en els oceans, llacs profunds i sediments polars —en les zones boreals, sota el permafrost gelat—, el que podria retroalimentar l'escalfament del planeta —el metà és un gas d'«efecte hivernacle» vint-i-cinc vegades més po-

---

[6] Remeto a un article a *Science* del 22 de juliol de 2011, obra d'investigadors danesos i holandesos: «Atmospheric carbon injection linked to end-Triassic mass Extinction», per Micha Ruhl, Nina R. Bonis, Gert-Jan Reichart, Jaap S. Sinninghe Damsté i Wolfram M. Kürschner, vol. 333, núm. 6041, p. 430-434.

tent que el diòxid de carboni.

– Col·lapse dels ecosistemes marins. Per sobre d'un cert nivell d'escalfament oceànic es produiria una extinció massiva d'algues, amb la seva capacitat de reduir el nivell de diòxid de carboni i crear núvols blancs que reflecteixen la llum del sol, que probablement originaria una brusca pujada de les temperatures mitjana en més de cinc graus centígrads.

Bucles de retroalimentació

L'inquietant d'aquestes perspectives és que els científics han identificat nombrosos bucles de retroalimentació positiva (feedback loops) susceptibles d'accelerar l'escalfament. La idea d'aquests bucles ve de la cibernètica, i té gran importància: «Estem acostumats per l'experiència de la vida a acceptar que hi ha una relació entre causa i efecte. Una mica menys familiar és la idea que un efecte pot, directament o indirectament, exercir influència sobre la seva causa. Quan això succeeix, es diu retroalimentació (feedback). Aquest vincle és sovint tan tènue que passa desapercebut. La causa-efecte-causa, però, és un bucle sense fi que es dóna, virtualment, en cada aspecte de les nostres vides, des de l'homeòstasi o autoregulació, que controla —entre altres paràmetres— la temperatura del nostre cos, fins al funcionament de l'economia de mercat.»[7]

Si són bucles positius, tendeixen a fer créixer un sistema i desestabilitzar-lo —en aquesta mesura, i si se'm permet la broma, els bucles positius resulten negatius—. Si es tracta de bucles negatius, tendeixen a mantenir la integritat d'un sistema i estabilitzar-lo. Els primers són «revolucionaris» i els

[7] Jane King i Malcolm Slesser, *No solo de dinero. La economía que precisa la Naturaleza*, Icaria, Barcelona 2006, p. 54.

segons «conservadors». «La retroalimentació positiva sense límit, de forma anàloga al càncer, conté sempre les llavors del desastre en algun moment del futur. (Per exemple: una bomba atòmica, una població de rosegadors sense depredadors…) Però en tots els sistemes, tard o d'hora, s'enfronta amb el que s'anomena retroalimentació negativa. Un exemple és la reacció del cos a la deshidratació. Al cor de tots els sistemes estables existeixen en funcionament un o més bucles de retroalimentació negativa.»[8]

Superat cert llindar, l'escalfament gradual podria disparar diversos bucles de retroalimentació positiva, el que conduiria a un canvi ràpid, incontrolable i potencialment catastròfic. Ja hem esmentat dos d'aquests bucles: l'alliberament d'hidrats de gas i el col·lapse de les poblacions d'algues marines. Altres són:

- Canvis en l'albedo de la superfície terrestre —la tendència a reflectir llum, més que a absorbir—. Quan es fonen gels i neus, que reflecteixen la llum, augmenta l'albedo de la Terra, que absorbeix més calor.
- Boscos tropicals. L'augment de temperatura tendeix a desestabilitzar les selves tropicals i a reduir l'àrea coberta per les mateixes. Quan moren els ecosistemes de boscos o algues, la seva descomposició allibera diòxid de carboni i metà a l'aire, el que retroalimenta l'escalfament.
- Respiració dels sòls. L'escalfament pot conduir a un augment exponencial de l'activitat microbiana, de manera que el diòxid de carboni expel·lit per terra sobrepassaria la capacitat d'emmagatzematge de la vegetació addicional.

[8] Jane King y Malcolm Slesser, *op. cit.*, p. 56.

Així doncs, hi ha —tant a la biosfera com en els ecosistemes singulars, així com en el sistema climàtic en el seu conjunt— llindars crítics més enllà dels quals el canvi lent i «digerible» esdevé ràpides transformacions profundes. Pel que fa al clima, molts científics pensen que podem haver sobrepassat alguns d'aquests llindars crítics, o estar a punt de fer-ho. Així, per exemple, l'expert en glaceres Lonnie G. Thompson (de la Ohio State University) creu que les dades disponibles sobre el retrocés de les glaceres —especialment en les muntanyes més pròximes al tròpic: els Andes i l'Himàlaia— indiquen que «el sistema del clima ha excedit un llindar crític» i suggereix que potser els éssers humans no disposarem del luxe d'adaptar-nos a canvis lents.[9]

Una oportunitat potser irrepetible

Ens comportarem pel que fa als hidrocarburs fòssils —i altres recursos minerals i biòtics— com la colònia de bacteris sobre la placa de Petri? Esgotar tots els recursos mentre un pot seguir creixent exponencialment, i després morir, aquesta serà la trajectòria de la «civilització»? La nostra intel·ligència col·lectiva no superarà la de la colònia bacteriana?

L'acció per mitigar el canvi climàtic és una oportunitat, tal vegada irrepetible, per «fer les paus amb la natura», per canviar el nostre insostenible model de producció i consum, impossible de mantenir perquè l'ús actual de recursos naturals i energètics supera àmpliament la capacitat de càrrega del planeta.

[9] Lonnie G. Thompson i altres: «Abrupt tropical climate change: Past and present». Proceedings of the National Academy of Sciences, 11 de juliol de 2006, vol. 103, núm. 28, 2006. S'hi pot accedir a http://www.pnas.org/cgi/content/abstract/103/28/10536

El llangardaix interior

Però podem actuar d'aquesta manera? O potser es tracta de propostes d'acció col·lectiva que superen el que es pot esperar de l'ésser humà? Michael Lewis, en el seu assaig *Boomerang*, cita el neurocientífic britànic —resident als EUA— Peter Whybrow, un expert mundial en depressió i malaltia maniacodepressiva, ficat a patòleg social en algun llibre d'assaig com *American Mania: When More Is Not Enough* (WW Norton, 2006). Gràcies a la superabundància, diu, als EUA —però no només allà, és clar— «els éssers humans es passegen per aquí amb uns cervells tremendament limitats. Tenim el nucli d'un llangardaix. (…) Al llarg de centenars de milers d'anys el cervell humà ha evolucionat en un entorn caracteritzat per l'escassetat. No va ser dissenyat, almenys originalment, per a un entorn d'extrema abundància. (…) Hem perdut la capacitat d'autoregulació en tots els nivells de la societat.»[10]

De veritat hem d'acceptar que l'Homo sapiens no pugui anar més enllà de les pautes de conducta impreses en el seu cervell reptilià? Veig menjar, ataco i empasso, veig un *smartphone*, agredeixo i compro. No podrem fer funcionar a estones el neocòrtex? Buda i Zenó de Cítion, Aristòtil i Confuci es riurien de nosaltres. De tan poca *enkráteia* són capaços aquests degenerats *anthropos* de començaments del segle XXI?

Neurocientífics i filòsofs morals han cridat l'atenció sobre com el «cervell humà antic» —el podem anomenar «cervell reptilià» per abreujar: es tracta de sistemes neurològics situats sobretot a l'hipotàlam[11]— és el resultat evolutiu d'una

---

[10] Pot seguir-se aquest neuroinvestigador a www.peterwhybrow.com

[11] En realitat, un model més precís parlaria de tres parts del cervell: arxicòrtex o «cervell reptilià», paleocòrtex o «cervell paleomamífer» i neocòrtex o «cervell mamífer avançat». El primer seria el cervell instintiu, el segon el cervell emocional, el tercer el cervell racional. Vegeu José María Bermúdez de Castro: *La evolución del talento. Cómo nuestros orígenes determinan nuestro presente*, Debolsillo, Barcelona 2011, p. 95-98.

lluita per la supervivència personal que privilegia els mecanismes egoistes de les «quatre efes»: *feeding, fighting, fleeing and fucking*, a saber: alimentar-se, lluitar, fugir i follar. Com resumeix la gran historiadora de les religions Karen Armstrong, «no hi ha dubte que en els racons més profunds de la seva ment els homes i les dones són despietadament egoistes. (…) Aquests instints es van plasmar en sistemes d'actuació ràpida, alertant els rèptils a competir despietadament per l'aliment, protegir-se de qualsevol amenaça, dominar el seu territori, buscar llocs de refugi i perpetuar els seus gens. Els nostres avantpassats reptilians, per tant, únicament estaven interessats en l'estatus, el poder, el control, el territori, el sexe, l'interès personal i la supervivència»[12].

Les emocions que generen aquests sistemes neuronals d'antic origen radicats en l'hipotàlem són fortes, automàtiques i egoistes: ens condueixen a acumular béns, respondre violentament a les amenaces, aparellar-nos i tractar que la prole tiri endavant… Però per sobre d'aquest «cervell antic» s'ha superposat evolutivament el neocòrtex humà, seu de les capacitats de raonament i d'una altra classe d'emocions menys vinculades a la supervivència personal.

No és que el cervell humà sigui defectuós (o la naturalesa humana corrupta), no és això… És que deixem passar les ocasions de fomentar el millor de nosaltres mateixos. Treballar, per exemple, amb les tècniques que ja havien desenvolupat els savis antics, budistes i estoics sense anar més lluny, perquè el neocòrtex pugui controlar —almenys de tant en tant!— els

---

[12] Karen Armstrong, *Doce pasos hacia una vida compasiva*, Paidós, Barcelona 2011, p. 23.

arravataments del llangardaix interior...

El que ens fa humans

De forma poc realista, David Orr escriu que «gairebé tothom accepta actualment que el projecte modern de creixement econòmic i domini de la natura ha fracassat estrepitosament»[13], ja que els excessos del sistema industrial amenacen els sistemes vius del planeta. Tant de bo aquesta mirada lúcida estigués en efecte generalitzada! Però, pel contrari, es diria que les majories socials romanen encara hipnotitzades per un miratge de progrés que es vincula amb un creixement econòmic sense límits.

Som dolents en autocontenció —els grecs anomenaven aquesta virtut *enkráteia*—. Però és l'autocontenció el que ens fa humans, el que pot fer-nos humans —en el sentit normatiu del terme—. A escala individual i microsocial, això hauria de ser gairebé evident. Poder aprofitar-se d'un avantatge, al preu de fer mal a un altre, i no fer-ho: això és el que ens humanitza.

L'escriptor colombià Santiago Gamboa, que va ser representant del seu país davant la UNESCO, recorda haver escoltat el delegat de Palestina dir: «És més fàcil fer la guerra que la pau, perquè en fer la guerra un exerceix la violència contra l'enemic, mentre que en construir la pau un l'ha d'exercir contra si mateix»[14]. Domini de si en comptes de violència contra l'altre: això ens humanitza.

---

[13] David W. Orr, «Para qué sirve ahora la educación superior?», en The Worldwatch Institute: *La situación del mundo 2010. Cambio cultural. Del consumismo hacia la sostenibilidad*, Icaria, Barcelona 2010, p. 156.

[14] Santiago Gamboa: «Colombia: Chéjov versus Shakespeare», *El País*, 9 de setembre de 2012.

«*Expansió il·limitada del (pseudo)domini (pseudo) racional*»

Al centre de la cultura occidental determinada per les dinàmiques del capitalisme, el creixement industrial i la tecnociència, trobem la qüestió de la dominació. Val la pena rememorar de nou la fórmula amb què Cornelius Castoriadis captava l'«essència» de la societat industrial —o, en els termes del filòsof grecofrancès, l'imaginari social col·lectiu d'aquesta, el nucli de significacions imaginàries que mantenen la cohesió social i orienten l'activitat—. Per Castoriadis, «l'objectiu central de la vida social [en aquesta societat] és l'expansió il·limitada del (pseudo)domini (pseudo)racional»[15].

Convé fixar-se en tres elements de la frase: en primer lloc, una *hybris* que, en no reconèixer límits de cap mena, es condemna a xocar contra les estructures i consistències dels éssers vius finits en un planeta limitat; en segon lloc, un impuls de dominació *tanàtic*, nascut segurament d'esquerdes de la psique humana, on s'ha aventurat sobretot la psicoanàlisi; en tercer lloc, una classe de racionalitat extraviada sobre la qual m'he estès en altres llocs[16]. L'adjectiu *pseudo* qualifica, per partida doble, la contraproductivitat d'un impuls el caràcter destructiu del qual acaba girant-se contra si mateix.

Una cultura de l'autocontenció

La idea d'una cultura de l'autocontenció apunta a contrariar la fórmula de Castoriadis. Part de la intuïció que els éssers

[15] Trobem aquesta formulació en molts llocs de l'obra de Castoriadis. Per exemple, en Cornelius Castoriadis i Daniel Cohn-Bendit, *De la ecología a la autonomía*, Mascaró, Barcelona 1982, p. 18.

[16] Jorge Riechmann, «Hacia una teoría de la racionalidad ecológica», capítol 2 de *La habitación de Pascal*, Los Libros de la Catarata, Madrid 2009.

humans, confrontats a la seva finitud, vulnerabilitat i de-
pendència, poden certament cedir a allò *tanàtic* —la pulsió
de mort— i emprendre la lluita per la dominació (sobre els
altres, sobre la naturalesa externa, sobre si mateixos i la seva
pròpia naturalesa interna), però poden també emprendre un
camí antagònic que s'orienta a tenir cura d'allò fràgil, a l'aju-
da mútua, a l'assumpció de responsabilitats, a ajudar-nos els
uns als altres a confrontar la mort.

Alguns marxismes heterodoxos van formular prime-
renques crítiques del productivisme, la noció burgesa de
progrés i l'aspiració de dominar la naturalesa. Val la pena
rememorar al Walter Benjamin de *Direcció única*, un llibre
d'apunts, fragments i agudeses publicat el 1928: «Dominar
la natura, ensenyen els imperialistes, és el sentit de tota tèc-
nica. Però qui confiaria en un mestre que, recorrent al cop al
palmell, veiés el sentit de l'educació en el domini dels nens
pels adults? No és l'educació, sobretot, l'organització indis-
pensable de la relació entre les generacions i, per tant, si es
vol parlar de domini, el domini de la relació entre les genera-
cions i no dels nens? El mateix passa amb la tècnica: no és el
domini de la natura, sinó domini de la relació entre natura i
humanitat.»[17]

Autoconstrucció

Dominar no la naturalesa sinó la relació entre natura i hu-
manitat: aquesta idea segueix sent immensament fecunda al

---

[17] Walter Benjamin, *Dirección única*, Alfaguara, Madrid 1987, p. 97.

segle XXI[18]. Totes les relacions humanes comporten exercicis de poder, assenyalava un filòsof com Michel Foucault (en el deixant de Nietzsche)[19]. Però si, en un exercici de reflexivitat guiat pels valors de la compassió, tracto de dominar no l'altre sinó la meva relació amb l'altre, s'obren impensades possibilitats de transformació. De veritable humanització d'aquests immadurs homínids que encara seguim sent.

Es tracta de construir l'humà (ja que no ens ve donat!) en lloc de donar curs a les cegues pulsions de la psique i els devastadors mecanismes del mercat. Construir l'humà: les emocions humanes, les pràctiques humanes, les virtuts humanes, les institucions humanes. La nostra tasca és construir —encara que creiem, com els budistes per exemple, que el

---

[18] A part d'això, podem rastrejar aquesta idea també en un famós passatge del llibre tercer del *Capital* de Marx: aquí el pensador de Trèveris no defineix el socialisme com a dominació humana sobre la natura, sinó més aviat com a control sobre el metabolisme entre societat i naturalesa, regulació conscient dels intercanvis materials entre éssers humans i naturalesa. En l'esfera de la producció material, diu Marx, «l'única llibertat possible és la regulació racional, per part de l'ésser humà socialitzat, dels productors associats, del seu metabolisme [Stoffwechsel] amb la natura; que el controlin junts en lloc de ser dominats per ell com per un poder cec». Citat per Michael Löwy a *Ecosocialismo*, El Colectivo/Ediciones Herramienta, Buenos Aires 2011, p. 73.

[19] Caldria tenir aquí en compte l'ambivalència del concepte, que va assenyalar Spinoza, sobre la qual no es pot insistir massa: poder com a capacitat davant de poder com a dominació. Spinoza en el seu *Tractatus politicus* (1677, capítol 2: «Del dret natural») estableix la important diferència entre les paraules llatines *potentia* i *potestas*. *Potentia* significa el poder de les coses en la naturalesa, incloses les persones, «d'existir i actuar». *Potestas* s'utilitza, en canvi, quan es parla d'un ésser en poder d'un altre. (En alemany, la parella de conceptes *Macht / Herrschaft* capta la distinció: es veu bé en Max Weber). Tenim llavors *potentia* com a «poder per», poder pel que fa capacitat. I *potestas* quant a «poder sobre altres», poder quant a dominació. El primer és més originari que el segon. Podeu veure sobre això també Jorge Riechmann, *¿Cómo vivir? Acerca de la vida buena*, Los Libros de la Catarata, Madrid 2011, p. 33-35.

quid d'aquesta tasca és desconstruir l'ego—.[20]

En el futur es preguntaran: com van deixar que passés?

Si llancem cap enrere una mirada històrica, i contemplem els estralls que han patit diverses societats —pensem en l'ascens del nazisme o la nostra guerra civil, per exemple—, a toro passat ens preguntem: com va ser possible? Si es veien venir aquests mals, per què no es va actuar eficaçment per contrarestar? Però ara mateix s'estan gestant les catàstrofes de demà, i no som prou diligents a escrutar els seus signes per intentar prevenir-los. Necessitem una reflexió radical sobre el canvi climàtic, que superi la temptació de posar pegats sobre els símptomes del problema i abordi les causes: l'insostenible model de producció i consum.

Evitar el pitjor

Cada vegada m'interessa més la màxima que proposava Samuel Beckett: fracassar millor. I és que estigmatitzar el fracàs, o pretendre eliminar-lo —amb il·lusòria inconsciència—, equival a desertar de la vida. «Fracassar millor» no és una consigna derrotista, sinó una proposta d'acció des de la finitud humana: sense resignació, sense desencís i sense deixar d'anomenar merda a la merda. Perquè, com sabia Manuel Sacristán, «una cosa és la realitat i una altra la merda, que és només una

---

[20] Vegeu sobre això Serge-Christophe Kolm, *Le bonheur-liberté. Bouddhisme profond et modernité*, PUF, París 1982. Així com Julian Baggini, *La trampa del ego*, Paidós, Barcelona 2011.

part de la realitat, composta, precisament, pels que accepten la realitat moralment , no només intel·lectualment».[21]

Evitar el pitjor al segle xxi —perquè, potser, sigui possible fracassar millor en el segle xxii— no és un esport per a espectadors. Requereix participants compromesos, dones i homes disposats a lluitar.

Pla B a la Terra

Un lector d'*El País Semanal* encoratja des de Cartagena les missions espacials a Mart, raonant de la següent guisa: «Davant un futur incert, amb l'amenaça més o menys llunyana —i sempre que la humanitat no s'extingeixi— que el nostre planeta acabi sent inhabitable, el primer que ens retrauran les generacions futures és no haver fet tot el possible per buscar un pla B fora de la nostra malmesa terra.[22]»

Ai, amics i amigues: quin embogit *wishful thinking...* A aquests somniadors se'ls fa més fàcil colonitzar Mart que augmentar la fiscalitat sobre els rics. Però la realitat, és clar, és exactament la contrària —la qual cosa no implica que contrarestar la regressivitat fiscal sigui fàcil després de trenta anys de retrocés davant l'ofensiva neoliberal / neoconservadora, o també neocaciquil, com sol puntualitzar José Manuel Naredo—. Necessitem, efectivament, un pla B: però a la Terra, no

---

[21] Manuel Sacristán, *M.A.R.X. (Máximas, aforismos y reflexiones con algunas variables libres)*, edició de Salvador López Arnal, Los Libros del Viejo Topo, Barcelona 2003, secció I, aforisme 16.

[22] José Miguel Grandal López, «Plan B en Marte», *El País Semanal*, 2 de setembre de 2012.

fora. Ho podríem anomenar ecosocialisme? [23]

La propera vegada —en aquest ecosocialisme del segle XXI, o del segle XXII, que aconseguirem construir si no ens estimbem abans en els insondables abismes de barbàrie que estan oberts davant nostre [24]— la propera vegada fracassarem millor.

Passatgers a bord

La primera conferència mundial sobre el clima va tenir lloc a Ginebra el 1979, fa 33 anys. Al març de 1994 va entrar en vigor el Tractat de les Nacions Unides sobre el Canvi Climàtic, que 155 països havien subscrit durant la cimera mediambiental de Río de Janeiro, dos anys abans. Avui podem constatar melangiosament que, en l'essencial, ha estat paper mullat.

Ja el 1995 es van començar a desprendre enormes masses de gel de la barrera Larsen, a la Península Antàrtica, davant de l'Argentina, fet que en aquell moment van interpretar els investigadors com una prova gairebé definitiva de l'escalfament global. Han passat des de llavors 17 anys, i bàsicament no s'ha fet res.

Els deixo a vostès amb les experiències i reflexions de Mr. Iceberger, l'heroi d'Ilija Trojanow. Els deixo en bones mans.

El vaixell del creuer antàrtic els espera.

Jorge Riechmann
Madrid, setembre de 2012

---

[23] La meva proposta a Jorge Riechmann, *El socialismo puede llegar sólo en bicicleta*, Los Libros de la Catarata, Madrid 2012.

[24] I que, en allò que es refereix a les conseqüències de l'escalfament global, ha cartografiat Harald Weltzer en aquest llibre imprescindible que és *Guerras climáticas. Por qué mataremos (y nos matarán) en el siglo XXI*, Katz, Buenos Aires/Madrid 2011.

Per a S.,
la meva companya de paraules

At each slow ebb hope slowly dawns that it is dying.

Samuel Beckett, *Company*

I

S 54°49'1'' O 68°19'5''

No hi ha pitjor malson que no poder-se salvar ni quan s'està despert.

Arribem junts, com tots els vespres abans de salpar, a una de les tavernotes d'Ushuaia, pendent amunt, lluny dels carrers de pas, ensopeguem una d'aquelles hores del dia en què la darrera franja de llum s'extingeix en el cel més profund. Arrambats a una de les taules llargues de fusta, ens sentim solemnes després de mig any de separació, ens atén un home vell, no fa cara de temerari, però en un comiat em va confessar que li aniria bé si no sentís la necessitat de clavar-se un ganivet a la mà. El vell té poc per oferir, però t'ho serveix a canvi d'una misèria, en tinc prou seient allà amb el got a la mà, envoltat pels somriures amplis de retrobada dels filipins, que formen el gruix pencaire de la tripulació. Tiren endavant escarrant-s'hi, amb cada dia de jornal a bord s'acosten més a una vida domèstica, a l'ombra protectora d'una gran família, i hi posen una lleugeresa sorprenent en cada dia laborable. Sempre seran un enigma per a mi. Ushuaia no afecta el seu estat d'ànim, tampoc els records palpitants, tampoc el ressò de les matances, són sords en aquesta freqüència, això forma part del llegat europeu, això són estigmes de l'home blanc. Es deixen portar per aquest lloc com per tots els altres llocs que profanem en la nostra expedició (un nom ben arrogant de la litúrgia dels prospectes publicitaris), gairebé sembla que no toquin terra, si és que desembarquen. Això ens separa, no tenim un passat comú: el que a mi em paralitza, a ells sembla omplir-los de vida. Tret d'això, són fàcils de *tractar,* com proclama fins a l'exageració el director d'hostaleria a bord (i amb això vol dir: molt millor que els insubordinats xinesos), com si els hagués ensinistrat ell mateix, tan treballadors tan pacients tan dòcils. Aquest servilisme em molestaria si no fos per la Paulina, que ara deu estar ocupada donant un toc personal a la nostra cabina, amb una planta artificial i un munt de fotografies, tota la parentela, davant de tot les moltes àvies, que han tret al jardí assegudes en butaques, el vímet trencat en alguns punts, les filles i els fills dempeus al darrere, fills fidels tots plegats, tret d'un que va tocar el dos, i corre el rumor que ara trinxa verdura en un restaurant de Nova York. Brindo pels compatriotes de la Paulina, els mecànics, els cuiners, els mariners i el maître, el Ricardo, discret com una maleta precintada amb plàstic, però atent, el seu poder agafarà cos al llarg del viatge, el coneixeran tots els passatgers, i alguns l'apreciaran (*Howzit, Mr. Iceberger,* m'ensenya el polze amunt, sempre esforçant-se per dissipar profilàcticament els malentesos). És un espectacle digne dels déus veure els milionaris de l'hemisferi nord fent cua davant del seu faristol, humiliant-se de bon grat i agraint amb sobres per sota mà la taula cobejada, a estribord, amb vistes de llotja a la panna de gel i a les foques lleopard. Els rics, això ho he entès els darrers anys a alta mar, estan disposats a pagar considerables sumes de diners per petits privilegis, això els distingeix de la massa, això alimenta l'optimisme del Ricardo i li finança la pensió que s'està construint a Romblon. Les foques lleopard, les foques comunes i els pingüins li interessen tan poc com les glaceres o els icebergs, ell aprofita qualsevol perspectiva favorable, *what a view, fantastic, fantastic, take your seats,* somriu àmpliament, les dents lluint en fila, faria servir la mateixa quantitat de *fantastics* si algú volgués pagar per un seient de tribuna a un abocador d'escombraries, les preferències del nostre maître segueixen únicament criteris de venda. Sempre que seiem en grup, coqueteja amb la rossa de les balenes que s'asseu a la seva esquerra, poleix els seus *running gags* com si fossin ungles, *one of these days* aniré a sentir la teva conferència, de veritat, vull entendre aquests peixos des del dia que els vaig veure escopir enlaire des del restaurant, però com pot ser que la *beautiful* Beate estimi més les balenes que la gent, ell s'ho pregunta i per això seurà a primera fila a la pròxima conferència i apuntarà cada paraula, això ho promet abans de cada sortida, assegut a la nostra taula llarga de fusta plena d'incisions sense compromís, *this time, swear to heaven,* la dona de les balenes li pessiga el braç, parla anglès amb accent alemany, alemany amb un deix espanyol i espanyol amb entonació xilena. Però mai se'n farà res, de l'*education cetacean* de Ricardo. El que és segur és que al final d'aquest viatge es passejarà amb una gorra de cuiner a la mà i recollirà propines per als homes de la cuina, mentre aquests es posen en fila davant del bufet per cantar junts una cançó, en tagàlog. Sembla l'himne al criat desconegut i sempre és rebut amb un aplaudiment clamorós.

A la taula també s'han reunit els conferenciants de l'MS HANSEN, instructors de turistes, en altres paraules, igual que ho vaig ser jo durant tres anys, fins que ahir, just després d'arribar, em va cridar el capità per comunicar-me que al cap d'expedició l'havien hagut d'ingressar per sorpresa a l'hospital, a Buenos Aires, se sospita que de grip porcina, i que no es podria reunir amb nosaltres de cap manera en aquesta etapa, que com a molt el recolliríem al canal Beagle, que calia trobar-li un substitut, que es refiava de la meva necessària competència, que jo era un expert, compromès, llest (tot i que a vegades també em passava de la ratlla, va afegir la seva mirada), i a més tenia prou experiència a bord. No vaig voler donar-li ni negar-li la raó, i vaig agafar la carpeta amb les instruccions. A partir d'ara passaré massa temps a la ràdio i a megafonia per informar els passatgers del temps, de la ruta, de la pròxima destinació. Tots nosaltres, els conferenciants, tenim coneixements molt especialitzats d'oceanografia, de biologia, de climatologia o de geologia, tots nosaltres sabem parlar d'animals núvols roques de manera amena i instructiva, tots som pròfugs, cadascú a la seva manera estranya, *we're nowhere people*, aquest lema el va encunyar El Albatros, el nostre ornitòleg d'Uruguai. *Mr. Iceberger*, em saluda amb el cap, ell també m'anomena així, alguns no han fet servir mai el meu nom de pila, Zeno, d'altres no saben com l'han de pronunciar, si *Zen-oo* o *Ze-no* o *Seij-no* (en boca del nostre jove recluta californià, el Jeremy, que gairebé podria ser el meu nét). Això són foteses que no m'importen; m'assalta la sospita que els companys revesteixen amb aquest malnom la convicció que sóc un excèntric. És curiós que, entre apassionats, et considerin massa exaltat.

La Beate ha passat el dia amb un grup de passatgers al Parc Nacional, on les senderes ressegueixen serpentejant les cales, els raigs de sol hi entren de gairell i cauen com papallones sobre les fulles, tots nosaltres hem fet algun cop el passeig lleu per la selva patagona, però enguany han obert una nova sendera, i la Beate, escrupolosa, no vol trobar-se en el mal pas de saber menys que els turistes, encara que només sigui sobre una sendera ben traçada cap a una altra cala. Per això, com ens ha explicat després detalladament, ha agafat un dels autobusos numerats de l'1 al 5, han passat pel camp de golf més austral del món, més enllà del final de la carretera Panamericana, fins a un extens aparcament de terra piconada, gran com dos camps de maniobres on els *aliens* aterren a la natura, des d'on es puja a la sendera per una petita escala de fusta envernissada. Quantes balenes has vist?, pregunta el Ricardo fent broma. Una, contesta la Beate. Una com pot ser? Una balena solitària? Una balena jove? Una balena encallada, contesta la Beate, un animal petrificat, a terra ferma i criant molsa, la canalla hi podia muntar a cavall. S'interromp. És allà, com un memento mori. Fa una pausa llarga. Sòlida com si pogués perdurar. La sendera nova està proveïda d'una paperera cada dos-cents metres i d'un banc cada dos-cents metres, paperera banc paperera banc, així s'esmuny la gent pel bosc. El nostre guia, diu la Beate, era un fastigós amb botes altes, un *porteño* que vol passar l'estiu a la fresca del sud, si no sabia una cosa, ho compensava amb la seva veu de falset, parlava dels indígenes com d'animals salvatges, no s'hi ha referit ni un sol cop pel seu nom, criticava els «menjaherbes», deixava anar acudits idiotes, en sabem molt poc, ha dit, eren molt espantadissos, tan bon punt veien algú marxaven amb la cua entre les cames, si algú intentava acostar-s'hi, fotien el camp com un porc espí, s'amagaven ben endins a les maleses o s'encauaven dins la terra, com animals pudents. No ho he pogut evitar, l'he hagut d'alliçonar davant dels passatgers, les persones que antigament vivien en aquest bosc es deien *yagan*. Ha repetit la paraula, *ya-gan*, com si l'hagués de desxifrar, aquest nom no li escau gens ni mica a un poble primitiu, sona exòtic, com una espècie rara d'aranyes. He parlat de les seves botes? Deixaven unes petjades profundes, un nom, el nom del fabricant, suposo, quedava marcat a la terra humida amb cada pas. Algú em pot explicar com s'ha arribat a aquesta denominació estranya: «poble primitiu»? La Beate emmudeix, i de sobte callen tots, com responent a un senyal secret. No tothom ha sentit la pregunta, però la resposta s'estendrà per tota la taula. Perquè els vam exterminar, dic en veu alta. Perquè destruïm tot el que va a favor de la natura. Venerem els desapareguts, exposem les seves màscares, i retrats seus en color sèpia, ens preocupem abnegadament d'aquells a qui hem exterminat. Un gemec s'alça entre els conferenciants, *here he goes again,* s'esperen un dels meus atacs, han hagut de suportar uns quants cops els meus allaus de ràbia, saben per experiència que quan Mr. Iceberger es posa apodíctic, la cosa acaba apocalíptica. És la nostra primera nit junts, em mossego la llengua i callo, mentre al meu voltant comencen a remorejar altres converses.

Sóc l'únic que es queda amb el vell, que ens ha servit tot el vespre en silenci. És un costum des del primer cop que el vaig anar a veure. M'havia deixat la càmera sobre un banc de fusta a la seva taverna, i vaig haver de tornar-hi travessant el fred, contra un vent fort, hi vaig entrar glaçat, el vell estava sol, recollint, em va haver de servir alguna cosa per escalfar-me, donar-me conversa, això encara ens va distanciar més, al principi, i després, frase a frase, copeta a copeta, ens vam anar traient de sobre la ràbia fins que se'ns van veure les ferides. Després ja no ens vam tornar a distanciar. Ara neteja les taules tranquil·lament, fent moviments circulars, les venes com clivelles de gel al dors de les mans, la pell rogenca en molts punts. Maleeix amb una ira implacable la seva sort, haver nascut crescut envellit en aquella Ushuaia, on tota la vida s'ha edificat de manera provisional, on tots els negocis es diuen *Finisterre* i tots els davantals lluexen pingüins, en aquell racó de món que no es compadeix de ningú, ni dels que antigament rondaven per allà, caminant descalços sobre esbarzers, fins que els van matar els buscadors de fortuna i els violents, ni dels proscrits amb pesades cadenes, als quals la nostàlgia per l'evasió els esquinçava cada cop més profundament la carn, ni dels seus descendents, que s'arrosseguen davant dels turistes com si volguessin recollir les engrunes de fang sec sota la sola de les seves sabates, com si la terra de la Terra del Foc encara contingués pols d'or. Millora un lloc quan la gent s'hi traslllada voluntàriament? La torba amarada de sang, escalfa quan crema a l'estufa nostrada? El vell desapareix un moment i torna amb dos gotets panxuts. El contingut fa olor de vainilla, i crema bé a la gola. El vell es mou sense parar, de la barra a les taules, de taula a taula, com si a tot arreu hi hagués encara alguna cosa per amarrar. El segueixo fins a la finestra, els escassos llums del carrer es difuminen sota el plovisqueig en reguerols d'una brillantor esmorteïda. Ens abandonem als sorolls llunyans. De sobte, torna a parlar.

—De petit, a les tardes seia davant de casa, aquesta casa era aleshores la nostra barraca, i mirava avall, a la ciutat. Quan hi havia núvols baixos, em pensava que el carrer es faria fonedís amb la boira. I jo corria carrer avall, ple d'expectatives, i sempre anava a espetegar a la brutícia del port.

Ens asseiem per primer cop, les nostres converses han tingut lloc fins ara entre una taula i la porta, ara torna a omplir els gots com si tinguéssim prou provisions. Els seus comentaris són punts entre llargues frases de silenci:

—En aquesta terra, a qui es posa dret en vida el castiguen amb un tret a la nuca.

—Al meu avi assassinat, el recordàvem en un silenci poruc.

—La meva mare em deia que vigilés amb els uniformats, igual que altres mares diuen als seus fills que vigilin amb els quissos que mosseguen.

Es gira de sobte cap a mi i em parla als ulls:

—Tornes a marxar amb ells, i deixes que les coses passin. Deshonres el teu propi santuari.

Es passa la mà per la cara, per la barba.

—T'he observat. Només xerres. La teva indignació és un pet bufat. T'esbraves, busques raons a tot arreu, però ets com els altres, no, pitjor encara, tu ho saps i fas diners amb els teus coneixements.

No el contradic, i això atia encara més la seva ràbia.

—Tothom que accepta el que es pot evitar és un canalla.

Gairebé crida. I després m'assenyala la porta massissa.

Com si estigués soldat a una tartera. Aquest malson m'assalta totes les nits.

Els passatgers pujaran a bord al matí. Dia 1: Embarcament. Un dia com qualsevol altre. Encara no hem salpat. La partida imminent m'inquieta, no sóc de família marinera; al contrari, casa meva eren les muntanyes fins que me'n van expulsar. Vaig veure el mar per primer cop al final d'una glacera que gairebé llepava la platja amb la punta de la llengua, el rierol de la glacera corria davant meu, jo en tenia vint i pocs i era optimista, tan optimista que em vaig extraviar a posta a la selva tropical entre la platja i la glacera. Ara se'n fot de mi la llengua fantasmal del que s'ha fos, estic indefens contra els subjugats del malson. La Paulina encara dorm, s'adorm molt de pressa, més de pressa encara si hem fet l'amor. Salparem demà. Una altra temporada. El meu quart any. Està escrit.

Ens deixem consolar per frases humiliants com aquesta. No hi ha res escrit; ho escrivim. Cada un de nosaltres. Igual que cada un afegeix el seu gra de sorra a totes les runes enverinades del planeta. Per això aquest diari, per això la meva decisió d'anotar el que ha passat, el que passarà. Em convertiré en l'amo de les paraules de la pròpia consciència. Ha de passar alguna cosa. Ha arribat l'hora.

1

Són unes mides perfectes, això no li interessa a ningú, treu-t'ho del cap, aprofiteu mentre n'hi hagi. Senyor, senyal d'alar-ma a 406 MHz. Faci el cor fort, mides del tot perfectes, des-prés s'humitegen els llavis, tretze mesos de sol, benvinguts als paradís, i pluja cada dia. Radiobalisa d'emergència? Sí, senyor. Quin vaixell? Desconegut, senyor. Els frescos els es-tan restaurant des de la setmana passada, la capella restarà tancada tot l'estiu, em sap greu que hagin fet un camí tan llarg per no res, ens ho hem de prendre amb calma, una pregunta per al seu convidat, arca i cara, només canvien d'ordre les lle-tres, què deu voler dir?, alguna cosa queda, sempre queda al-guna cosa. Tinc dades de la posició, senyor: S 43°22' O 64°33'. De nit, n'estic fins al capdamunt, tots els gats, la temperatura relativa era més elevada, són negres, quines mides més per-fectes, és més fàcil avançar a sotavent, has d'anar al gra, això ja està dat i beneït. Alguna cosa no rutlla, senyor, no tenim co-municació per ràdio amb el HANSEN. Què passa amb l'oficial de ràdio? No contesta, senyor. Em toca a mi, fora aquests dits, els sostens són meus, aguanta la respiració, Charly, a la una, a les dues, no hi ha manera, maleït trasto, en els moments decisius, falla, ja vindran temps millors. Radar? El vaixell es mou en direcció nord-nord-oest. Ho ha intentat en totes les freqüències? Sí, senyor. Continuï intentant-ho, em posaré en contacte amb els guardacostes argentins. Tinc una pregunta de comprensió, si ho he entès bé, tots anirem al cel o a l'infern, però tots anirem a parar a algun lloc, així doncs, tots som immortals d'entrada? Prefectura Naval Argentina? Sí... Sí... La darrera posició transmesa era S 54°49' O 68°19', des de llavors no tenim contacte amb el HANSEN. Ells s'enduran la palma, ningú no ho qüestiona, no t'ho prenguis tan a pit, només cal respirar, respirar fondo, quines mides més perfectes, fem el que podem, podem el que fem BREAKING NEWS UN ALTRE ACCIDENT A L'ANTÀRTIDA? BREAKING NEWS UN ALTRE ACCIDENT A L'ANTÀRTIDA? i malgrat tot

II

S 55°05'0'' O 66°39'5''

Abans no salpem, tots els passatgers han de demostrar que estan sans (no saníssims, només prou sans), pugen o baixen per les escales, els limitadament sans fan servir l'ascensor, a la coberta 4 es posen en fila davant d'un metge del Brasil, sempre de rigorós uniforme, els cabells arrissats a la perfecció, passa qualsevol minut lliure al claustrofòbic gimnàs, amb heavy metal de São Paulo a les orelles, la mirada clavada a la sortida d'emergència. Encara no hi he pogut parlar mai. Els declarats sans porten orgullosos el certificat mèdic a la mà, com si fos l'entrada a un concert que ha costat molt d'aconseguir, es presenten, intercanvien impressions, que si aquí ja hi han estat i allà també, no s'ha de fer fàstics a res, però la calor, però els rebels, d'altra banda, hi ha tantes destinacions, ja ni saben on la pròxima vegada, però, vaja, abans s'ha de superar aquesta aventura. Actualment tots estan sans, i potser a pocs batecs de l'infart.

Salpem al vespre. Ningú saluda, ni des del moll ni des de la coberta. És un comiat com de passada. A Ushuaia no queda gairebé ningú a qui trobem a faltar. M'agrada ser a la coberta superior, repensant les siluetes. Les postes de sol m'horroritzen, redueixen la varietat a un cop d'efecte. Ningú em diu res, els clients encara no em coneixen, la presentació dels conferenciants i del cap d'expedició no tindrà lloc fins demà, després de l'esmorzar. Hem salpat sense fanfares, naveguem cap a l'est a través del canal Beagle, a una velocitat d'uns set nusos, calculo, després d'unes quantes temporades a bord calculo amb força exactitud. Mireu allà dalt, crida un passatger, aquelles roques, sembla que la muntanya tingui un *six pack*. El grup fa tamborinejar les seves rialles en el crepuscle. Ja hi tornem a ser, l'empetitiment de la natura davant de les càmeres de vídeo en funcionament. Em retiro a la banda de babord. Alto, res de fugir! El pianista ve directe cap a mi, una cara es manifesta a remolc seu dins la foscor, un rostre que fa aigües sota una tira de llums de colors. Permeti'm que els presenti, senyora Morgenthau, aquest és el nou cap d'expedició, tot un cavaller, com Déu mana (el pianista és britànic), segur que podrà contestar-li satisfactòriament qualsevol pregunta, el cap d'expedició pot contestar qualsevol pregunta satisfactòriament (al pianista se'l considera un *great wit)*.

—És vostè molt amable, molt amable; em preguntava si aquesta muntanya, la que s'alça tan dràsticament, aquesta muntanya, segur que té un nom, no?

—Mount Misery —li contesto, geogràficament correcte, i la nord-americana em mira com si estigués a punt de declarar-me culpable de mentir.

El pianista somriu irònicament, ha començat la broma.

—No tingui por de preguntar-li al cap d'expedició tot el que vulgui saber durant el viatge, i sempre que li calgui, em trobarà actuant als concerts del vespre, o tocant per a mi, ja ho sentirà.

—Els que abans vivien en aquesta regió —continuo— eren nòmades de l'aigua, tenien molts noms per a les muntanyes, els rius, els boscos; disposaven d'un vocabulari molt ric per anomenar tot el que els envoltava, i sense voler-s'ho apropiar. Aquest estret, per exemple, ells l'anomenaven «l'aigua que perfora el crepuscle».

—I aquella illa per on acabem de passar, ja saps quina vull dir, també té un nom exquisit?

El pianista m'ho pregunta sabent-ne la resposta, encara que sembli desconcertat. Li faré el favor.

—Es diu Fury Island.

Una altra mirada d'incredulitat.

—Sí, exacte, Fury Island, ja me n'havia oblidat. Anem, senyora, no molestem més el nou cap d'expedició, de totes maneres, li haig de dir, no fos cas que després ho sàpiga per fonts poc fiables, que aquesta nit, quan tots dormim, espero que profundament, el nostre vaixell passarà per Last Hope Bay.

La rialla del pianista s'enlaira i se'n va com els fums d'un tub d'escapament.

Aquesta primera vetllada, la Paulina acaba el torn abans de mitjanit. Els clients encara no han tingut temps de fer coneixences, els bevedors habituals i els escalfatamborets marxen d'hora de la cafeteria i del bar, la Paulina imposa les *last orders,* li fa el compliment a un vell nord-americà d'acompanyar-lo al llit, està contenta per la nostra cabina més àmplia (adequada al càrrec de cap d'expedició), per mi, encara no hem pogut celebrar el retrobament. He ascendit a la coberta 6, a l'elit de comandament del vaixell, porta amb porta amb el primer oficial i l'oficial de navegació, prop del pont, quan he arribat al passadís fa un moment, he ensopegat amb el capità inesperadament, la seva oficina i refugi es troba unes portes més enllà, a l'altra banda en diagonal. *The captain is in striking distance,* li faig saber a la Paulina. I ella riu, *don't hurt him,* ens fem riure mútuament, això sempre em sorprèn, abans em consideraven un aixafaguitarres, i tenia una bona raó per ser-ho: trobava nocius els copets dels altres a la cama, els sentia fer rialletes i riotes, però mai una bona rialla, de tant en tant la meva parenta d'abans es passava tot un vespre amb una hilaritat estúpida, forta i empipadora, mai tenia regust d'alegria. Al contrari de la Paulina, que aconsegueix fer-me riure, despullar-me, com si la nuesa imprimís bon humor. La seva libido està feta a tocar del riure.

Quan hem passat tant temps sense estar junts, hi ha un redescobriment després de la conquesta, ella jeu ara al meu costat, els peus encreuats, les vergonyes bombades, i xerra en veu baixa, el soroll humà més tranquil·litzador que conec, escolto el murmuri, passen tantes coses durant els mesos que no estem junts, una cascada d'esdeveniments, les conseqüències de l'erupció del Mayon, el llavi leporí operat del fill d'uns veïns, la massacre d'unes quantes desenes de periodistes a l'illa veïna, el vell pescador que s'ha volat la mà dreta, la ceguesa de la mare, l'estupidesa del germà, la infertilitat de la germana, la luxúria del capellà, a qui van enxampar al presbiteri després de missa, la sotana tirada sobre l'esquena de la vídua receptiva, i la resta del relat s'ofega en rialles. De què li podria parlar jo? De les visites setmanals al meu pare, que s'emprenya amb tothom que mira per ell, l'infermer, el metge, el cuiner, tots els seus coneguts de la residència (d'amics no en té des del final de l'última guerra), i fins i tot el taxista que el porta un cop a la setmana al cementiri perquè pugui assegurar-se un espai al costat de la mare, morta de fa temps, *el racó de terra* que suposadament l'il·lusiona. Quan em vaig separar del meu institut, i la meva dona de mi, el vaig convidar a viure a casa meva, a l'habitació profundament buida de la Helene; la seva veu forta em despertava algunes nits a les tres de la matinada, arrossegava els peus pel passadís amb una espelma a la mà i escridassava totes les ombres que projectava la seva mà tremolosa: jo també sóc un heretge! Trigava a calmar-se, a vegades fins a trenc d'alba, mai em va revelar de quin retret es defensava. Al pare se'l va considerar tota la vida un cap quadrat, un inconformista, un esvalotador. Això era una reputació còmoda. Fumia cops de puny a la taula sense que se li mogués mai de lloc. Cridava sense mossegar. Ara que la força vital se li escola, les ganes de brega se li panseixen en una tos seca. He d'atabalar la Paulina explicant-li que el meu pare ha deixat escapar el moment de morir? M'estimo més refugiar-me en les seves històries, no són tan miserables com les meves.

La Paulina i jo compartim una cabina durant uns mesos l'any, habitem junts aquest vaixell, després segueix una separació de més de mig any, ens perdem de vista, a mi no em molestaria que durant aquest temps es lligués el venedor de Coca-Cola de Legazpi City (la ronda incansablement, però només li ofereix l'estatus d'una amant). Amb ella em passa el mateix que al vell Amundsen amb el sol, m'alegro de tornar-la a veure, sense haver-la trobat a faltar amb tota l'ànima. Hem intentat escurçar la distància. Em va venir a veure, després de la primera temporada al gel perpetu, no va funcionar, un veí em va felicitar per la «captura», un altre li va preguntar si també volia fer la neteja a casa seva. La Paulina no entenia per què jo no tenia cotxe si m'ho podia permetre, una mancança que es va fer sentir amb insistència en el curs d'un abril plujós, la regió només era suportable des del Zugspitze (vaig agafar per primer cop el telefèric; no vaig aconseguir de cap manera convèncer la Paulina per fer-hi un descens a peu), grisejàvem els dies, ens temptejàvem mútuament, el nostre desig es va escolar més de pressa que el temps. Igual de discordant va transcórrer la meva actuació com a convidat seu a Luzon, ella es va convertir gairebé de la nit al dia en una rodeta d'un engranatge, ja no era la Paulina, sinó la filla gran, la filla adinerada, i jo un souvenir de terres estranyes que es porta a casa per exhibir-lo, al principi amb orgull, fins que el record perd el seu valor de novetat, destorba, l'arrosseguen d'un racó a l'altre, i finalment l'ignoren, però no vaig voler esperar tant, i a la plaça del mercat vaig pujar a un autobús amb el prometedor nom d'Inland Trailways, vaig recórrer el país, vaig buscar un rastre de la Paulina a totes les cares i només hi vaig trobar desconeguts. Quan anava a volar cap a casa, tothom duia mascaretes a l'aeroport, màscares idòlatres.

Al final de l'estiu septentrional ens retrobem al sud més profund, contents i junts. Estem fets l'un per a l'altre, a l'Antàrtida. La Paulina és una benedicció que ja no m'hauria d'haver tocat viure.

Que quin va ser el resultat del balanç del glaç la darrera temporada, li pregunta al capità un passatger, que viatja amb nosaltres per enèsima vegada, durant el primer sopar. Mai havia vist tanta banquisa com al principi de la temporada, contesta el capità, mai havia vist tant verd com al final de la temporada.

2

Els pardals refilen a les teulades, vam fugir cap al sud, allà plouen dòlars com flocs de neu, s'han d'exigir sacrificis a tothom, demaneu-ne mentre n'hi hagi, el museu ha tancat, danys causats per l'aigua, la teulada era vella i amenaçava ruïna, i ara el moment culminant del vespre, odio tant aquests cabrons grassos dins els seus trastos contaminants, aquests Cayenne-Turbo-Onanistes. Hi ha un problema amb un dels nostres vaixells, amb l'MS HANSEN, el contacte per ràdio s'ha tallat. Et deixaré entrar, Charly, et mereixes el cinturó, tu, dits ràpids, un-dos-tres: pat-pat-pat-pat, minifaldilla a terra, erecte per damunt dels ous, showtime. Ho puc confirmar, l'MS HANSEN navega a tota velocitat en direcció nord-oest, rumb incorrecte, sí, continuem sense contacte per ràdio, no ens ho expliquem, hem d'estar preparats per a qualsevol emergència. D'això en dic jo eficiència, lol, el nostre concurs consisteix a formar una frase que tingui sentit amb «galindaines» i «ximpleries», qui ho aconsegueixi primer guanyarà la nostra cobejada tassa Panxo-Pinxo, insistim a demanar que la comissió sigui internacional, s'ha d'examinar amb lupa, la cotització del níquel s'ha fixat aquest matí amb un retard inexplicable, una solució magistral, no hi ha manera, ni a la de tres ni a la de quatre ni a la de dos. No, cap may day, cap senyal de problemes, cap menció d'incidents en el *daily report,* carreteres tallades, fer sortir tots els Cayenne-Turbo-Onanistes i donar-los a escollir: o el cotxe o la cigala, que vagi bé, petita broma al marge, els cristians consideraven el desert un lloc del mal, el desert és el lloc perfecte del bé, com podien ser tan erronis els seus senyals, monsenyor? Una figa pelada, e-vulva, ta tatatata tata e lungo per me, Charly, tu ens vols prendre el pèl, tu, marrà, el pèl entre les cuixes, les diferències entre cucs i ximpanzés, entre punks i porters, són de caire purament cultural, compte atenció BREAKING NEWS LA NATURA NO ESTÀ EN PERILL, TOTS MORTS? BREAKING NEWS LA NATURA NO ESTÀ EN PERILL, TOTS MORTS? i continua

III

S 53°22'5" O 61°02'2"

Explicar el gel, això va ser el que em va seduir des del comen-
çament d'aquesta feina, que va arribar a casa planant des del
cel tapat. El meu col·lega Hölbl va aparèixer, emmascarat de
missatger que ha de transmetre una bona notícia, va tancar
el paraigües i va preguntar si s'havia de treure les sabates a
l'entrada. No recordo si va dir «Vull demanar-te una cosa» o
«Em podries fer un favor?», si em va mirar amb un somriu-
re irònic o em va escrutar amb la mirada, a l'Institut bullien
els rumors que jo m'enfonsaria, sense feina sense matrimoni
sense res en què pogués embrancar-me, que si m'esvero tan
fàcilment, no us hi heu fixat, no accepta invitacions, tot i que
tampoc és que mai hagi sigut molt sociable (les paraules que
incoluen «soci» sempre m'han semblat sospitoses, «socie-
tat», un miratge, «sociable», tot de cadàvers penjant, «as-
sociació», esclaus de la pròpia utilitat), s'acabarà convertint
en un eremita, aviat s'esmicolarà, això pronosticaven, segons
el Hölbl, però malgrat el seu informe animat i sarcàstic, es
notava que ell també estava preocupat per mi, amb arrugues
sinceres de preocupació, i això em va commoure i em va fer

enfadar alhora, els Hölbl d'aquest món mai no s'esperen un declivi mental en les innumerables persones que se sacrifiquen en la rutina diària per un sou de pa sucat amb oli, i a qui els surten butllofes als dits i sarna al cervell. Des del seu punt de vista, jo estava malalt perquè trobava a faltar el gel. Murri com era, aquell dia plujós de la tardor no em va venir amb una actitud terapèutica, més aviat em va suplicar que l'ajudés a sortir-se'n de l'embolic, que havia donat la seva paraula per partida doble, havia dit que sí a una cosa sense dir que no a una altra, el típic cas de poligàmia (el Hölbl es va esforçar d'allò més per animar-me), em va seduir amb tots els recursos, em va servir en safata les possibilitats de lligar a bord, d'una manera molt prometedora, com si m'acabessin de deixar sortir d'un monestir, que si és igual de fàcil arreplegar una amant que un refredat, que m'hi podia agafar tranquil·lament perquè les aventures amoroses mai continuen a terra, el descans estava garantit, no hi havia estudiants a bord (el Hölbl es va rebaixar una mica esforçant-se per ser graciós), unes quantes conferències, unes quantes excursions a les colònies de pingüins, i amb això s'enllestia la feina, tot plegat un oci lucratiu, *busy working holidays,* així en diuen a bord, la lingua nàutica l'aprendràs en un tres i no res, la matèria te la saps de memòria, l'anglès el tens apamat, he d'anar un moment al lavabo, té, mentrestant, mira't les fotos que t'he portat. El molt garrepa n'havia fet còpies barates, les formes eren les familiars, els colors artificials, vaig estendre les fotos damunt la tauleta de centre, una al costat de l'altra, una damunt l'altra, fins que no es va veure ni la vora de fusta. Mirés on mirés, neu glaçada, solcs i estries brillant a la llum del sol, onades cristal·lines, tot m'era familiar i, malgrat tot, mirava un món desconegut, on les glaceres no desprenien pannes de gel a la vall, sinó al mar, les fotografies es van unir per formar una benedicció tornejada d'altres temps, em vaig eixugar les mans als pantalons, cada paraula que l'Antàrtida em xiuxiuejava era glaçada, vaig tocar tímidament un iceberg i hi vaig deixar una empremta, no està malament, oi?, tenia el Hölbl al costat, somreia de manera gairebé indecent, no està gens malament, oi?, va donar un copet amb la mà dreta al respatller de la butaca, la seva riallada va esclatar com un petard. Hi ha moments en què, tant sí com no, també has de riure si no vols perdre la llengua comuna. Unes setmanes més tard, em trobava una mica insegur a l'auditori d'un creuer i no em sabia avenir de quanta gent havia vingut a la meva primera conferència (primer, en anglès, a les 9.30; després, a les 11.00, en alemany), més oients dels que mai havia tingut a classe, el públic juvenil que havia perdut el compensava una sobredosi de sèniors. Els passatgers se sentien obligats a saber-ho tot de l'Antàrtida, embarcaven amb uns coneixements mínims, es delien per tenir-ne més informació, i això em venia com l'anell al dit perquè em permetia imprimir el meu segell en la seva visió del que no coneixien. En aquest viatge, que no s'assembla a cap altra mena de viatge, es submergeixen en publicacions especialitzades en lloc de devorar novel·letes policíaques com es fa a altres llocs, s'estimen més relaxar-se agafant *El pitjor viatge del món*, cara a cara amb el gel perpetu, fins i tot els autistes culturals noten certa deficiència en ells mateixos. Em sento parlar i em sorprèn el to de conversa que faig servir, quan Àfrica va xocar contra Europa, l'Antàrtida va lliscar cap al sud més extrem i es va cobrir de gel; el Alps van formar aleshores la zona d'absorció d'impactes. «Antàrtic» significa «oposat a Àrtic», anomenat així per Aristòtil perquè, per qüestions d'harmonia, calia una correspondència al sud, i la humanitat només havia descobert llavors el gel del nord. Un espavilat afirma que ell mai ha confós l'Àrtic amb l'Antàrtida, que els havien inculcat una regla mnemotècnica, de pingüins i óssos, per donar-li coherència zoològica, perquè, com tots sabem, només hi ha pingüins a l'Antàrtida, i óssos polars només a l'Àrtic, i això té una bona raó de ser, perquè «àrtic» prové del grec antic i significa «pertanyent a l'Óssa Major». Si s'ho aprenen, els dic, mai més confondran nord i sud, al contrari que tots els seus amics, que el primer que els preguntaran serà com els ha anat per l'Àrtic. Ara bé, si els óssos polars s'extingeixen, el nom «àrtic» ja no serà encertat, ens caldrà un altre nom, accepto propostes de bon grat, avui i qualsevol altre dia del nostre viatge. No es preocupin, encara que l'Àrtic deixés d'existir (i això ho veuran tots els que són aquí asseguts si continuen prenent beta-blocadors i anticoagulants; això no ho dic en veu alta, m'ho guardo per a la meva veu interior), l'Antàrtida continuarà sent antípoda tota l'època hominoide. Alguns passatgers somriuen lleument, d'altres àmpliament. Ara recorrerem junts la història del gel i la roca amb l'ajuda d'una taula cronològica, en la qual l'homo sapiens gairebé no pot concebre la seva presència, alguns dies m'hi he d'escarrassar perquè els passatgers no es maregin amb tants zeros. L'Àrtic i l'Antàrtida, senyores i senyors, parlem d'oposats extrems: d'una banda, gel estacional; de l'altra, terra ferma; d'una banda, desglaç imparable, de l'altra, una cuirassa de gel d'entre mil i quatre-mil metres. D'una banda, condemnat a la ruïna, de l'altra, mitjanament protegit i encara no del tot perdut. D'una banda, un mirall de la nostra capacitat de destrucció; de l'altra, un símbol del nostre sentit comú. Diguem-ho ben clar: malament a sobre, bé a sota, l'infern a sobre, el cel a sota. Senyores i senyors, parlem dels dos pols del nostre futur. M'interrompo, més estona que no cal, per obrir els dos power-points, vull donar temps perquè la gravetat dràstica que hi poso faci efecte abans d'il·lustrar les afirmacions, igual que va fer el Hölbl un dia a la meva tauleta de centre, tant si són còpies barates com si es veuen en una pantalla ben il·luminada, els paisatges glacials són tan al·lucinants que l'auditori renuncia fins i tot a estossegar, i ens aboquem units al silenci dels albatros a alta mar.

Sospitava el Hölbl el que provocaria? A qui coneix el gel com a bèstia empresonada en valls tancades, la llibertat radical del sud blanc el deixarà aclaparat. Qualsevol excepció es converteix aquí en regla. El gel ho cobreix tot, excepte les roques més escarpades. Aquests paisatges no existien ni en els somnis més agosarats del tap de bassa de vuit anys que a l'estiu, amb altres nens del bloc i com a prova de valor, xarrupava aigua d'un toll amb una palleta fins que la mare d'un aguaitava per una finestra oberta i fumia un crit que anava a espetegar al mig del bassal.

—Puja —va cridar el meu pare, sense treure el cap per la finestra—. Anem a la muntanya.

Vaig pujar immediatament.

—On vas amb pantalons curts?

—Fora fa calor, molta calor.

—Tindràs fred.

—Segur que no, pare, creu-me, no tindré fred.

—Ja en parlarem…

Sortim de Mittersendling, el pare condueix en segona en el meu record, i s'atura a totes les cruïlles. El motor rutlla de bon humor. Jo no paro de bellugar-me al seient per no perdre'm res. El pare xiula, imita ocells, és pit-roig verderol picot garser…

—Hauries d'anar a la ràdio, pare.

—Amb els meus refilets, una hora de cants d'ocell? Això no s'aguanta per enlloc.

—No, vull dir amb els altres, els que hi canten, una cançó, un ocell.

—I com aniria la cosa? Senyores i senyors, el pròxim talòs arriba amb el nou gran èxit de la merla. El Fred Bertelmann queda desbancat a partir d'ara del número u. Això no s'aguanta per enlloc. Ja en parlarem…

Em deixa abaixar la finestra amb la maneta, i llavors ja no sento els refilets. Només fa unes setmanes que tenim l'escarabat del pare, abans ell anava amb tramvia i a nosaltres ens quedaven les voreres. Allà on no ens portaven els peus, no se'ns havia perdut res. Compto els cotxes que ens encreuem, també els que ens avancen. Els cotxes vermells valen per dos, no recordo per què. Quan tot just vaig per cent punts, el pare m'anuncia que ja gairebé hi som. No ens quedava molt lluny, tres hores, potser tres i mitja, aparquem el cotxe i pugem per una sendera, i de sobte veig un bosc i noto un fred poc usual per ser a ple estiu. Quan tornem a casa, unes hores més tard, em frego la pell de gallina de les cuixes amb les mans, em noto les sabates molles i miro fixament el que s'allunya, t'hi faràs mal, m'avisa el pare, però jo no ho vull deixar estar, veig la glacera a través de dos vidres, una mirada amb prismàtics al meu futur, no ho he deixat estar. Tot sembla del revés, li vaig explicar després a la mare, com si un drac hi bufés gèlidament. Ho fa allà estirat, escup gel, no para. No et creuries tot el que hi ha, cascades que són coves glaçades, no, no són coves glaçades, són capelles, a dins és tot blau, blau com el teu vestit preferit, i llis. Quan t'hi poses, rellisques avall. Saps què m'ha explicat el pare? Si algú es mor a la glacera, el seu cos hi desapareix engolit, i no el torna a escopir fins que el busquen els seus néts. Al gel hi ha un munt de paios congelats, ha dit el pare (a la universitat, em pronunciava amb l'arrogància dels iniciats, cap estàtua podia comparar-se amb les escultures de gel, un dia a la glacera valia més que cent anys a la pinacoteca). De la meva glacera, del meu descobriment, en vaig parlar amb als amics del veïnat, amb els companys d'escola, amb els cosins i les cosines a la festa d'aniversari de l'àvia a Wolfratshausen. Fins i tot n'hi vaig parlar a l'avi. Seia en un racó ple d'objectes religiosos, amb uns grans negres com mocs secs als narius, em va escoltar sense moure's, i finalment va dir: ja ho veuràs, noi. N'he enraonat, m'hi he discutit, ara torno a sentir-me enraonar, després d'una baixada del silenci, ara amb més raó, ara que m'escolten amb atenció, que els passatgers seuen en fila, l'Antàrtida és el nostre arxiu, al gel es conserven bombolles d'aire, de milers d'anys, com si la Terra bufés regularment el present des dels pulmons, tot queda retingut en aquests cofres naturals, qualsevol erupció volcànica, qualsevol eclipsi solar, qualsevol prova atòmica, qualsevol canvi en el contingut d'anhídrid carbònic a l'aire (qualsevol pet de la humanitat, acostuma a dir el Jeremy quan estem sols). No ho oblidin, acabo, en aquest viatge veuran molt gel, tremolaran de fred, alguns de vostès hi trobaran un fred desconegut, i tot i així no passarem del cinturó tropical de l'Antàrtida, ens quedarem al seu estiu més suau. Pensin que gairebé no hi ha cap regió al món on l'escalfament sigui tan ràpid com a la península antàrtica, aviat s'hi podrà plantar bruc, s'hi conrearan patates, hi pasturaran les ovelles, i després no passarà gaire temps fins que s'hi trepitgi raïm per produir vi de l'Antàrtida. Vostès no entraran en contacte amb el fred despietat de l'altiplà polar. Només coneixeran els cims més externs de l'Antàrtida, *and that's going to knock you flat!* Una llarga ovació d'agraïment. Tant de bo l'escola hagués sigut ni que fos la meitat d'entretinguda, em felicita un home abans de marxar, ja no tinc present la seva cara, ara, mentre escric unes hores més tard. Poder explicar el gel, i dos cops al dia, em reconcilia, temporalment, amb la mort de la meva glacera.

Al meu voltant, veus despreocupades enmig de la calor assolellada. El Ricardo vigila a l'entrada del restaurant, al costat del seu faristol, consulta la seva partitura i fa que no amb la mà: *For you we have no seat,* hi ha menys places que passatgers, em sap greu, però el problema era previsible. Una dona gran s'aixeca al meu costat i, en alemany suís, m'ofereix lloc a la seva taula, el seu marit no es troba bé i s'ha quedat a la cabina. El Ricardo s'afanya a reconèixer que feia broma, a tranquil·litzar la dona, a arrossegar-me cap a la taula dels conferenciants. Alguns passatgers em saluden amb un gest, cap al final del viatge la majoria em saludaran pel meu nom. Contesto amablement les salutacions, l'educació no em suposa cap esforç, no menyspreo els passatgers, tot i que la Paulina s'obstina a contradir-me en aquest punt, sé per experiència que es quedaran embadalits amb les vistes dels pròxims dies, però, he d'ignorar per això que quan tornin a casa no renunciaran a la seva comoditat destructiva? Jutges la gent amb molta severitat, diu la Paulina, com si t'haguessin decebut personalment. Si tothom fos com tu, diu, algunes coses serien millors, però també n'hi hauria de pitjors. Quan algú no li agrada, diu amb veu exaltada: segur que té una part bona, però jo encara no l'he descobert. Per a ella, la realitat és una cosa amb què t'has de conformar. Al bufet em serveixo amanida i entremès. A mesura que el bufet fred calent dolç se'm faci quotidià, cada cop em costarà més decidir. En lloc de pa torrat i arengades, grans safates plenes de tot, acolorides com les banderes d'un hotel de cinc estrelles (tot gira al voltant del menjar, les arribades poden fallar, l'Antàrtida sencera pot desaparèixer sota la boira, però és impensable que se suspengui un àpat). Les primeres setmanes en aquest creuer, la meva primera experiència amb vaixells, vaig menjar molt, engolia uns quants plats, després d'anys d'àpats estrafolaris i de picar qualsevol cosa ràpid, el menjar variat i abundant va ser un fràgil consol, m'encebava, menjava i menjava, i com més menjava, més hauria continuat menjant sense mesura, i em vaig predir aquest destí, de totes les olles rajaria un puré agredolç que jo hauria d'endrapar a terminis fins que no em quedés cap altre remei, cap altra possibilitat d'alliberament que rebentar. Si algú vol fugir de l'excés d'oferta despietat, s'ha de refugiar en una estricta restricció. Una cullerada de blat de moro, una cullerada de tonyina, una cullerada de gambes amb meló, uns tomàquets tallats a quarts, unes quantes olives negres sense os. A la taula dels conferenciants hi ha un lloc lliure per al cap d'expedició, naturalment. Hi ha dies que m'estimaria més dinar amb la Paulina, però no pot ser, només els bramans es poden acostar als passatgers, els càrrecs inferiors han de menjar a la cantina, sota la coberta, alguns ni tan sols els ullaran els passatgers en tot el viatge. Et puc citar? El Albatros es menja la sopa a cullerades i em mira per damunt del seu plat inclinat. Com dius? Aquesta frase teva, «finalment emmudirà el murmuri del mar, perquè què li arrencarà els seus secrets a l'aigua si no és el gel», m'agradaria utilitzar aquesta frase.

—Has sentit la meva conferència?

—Només el final.

—Te la regalo.

—No et preocupis, en conservaràs el copyright.

—Copyright? Què dius ara? A *terra nullius* no hi ha copyright.

—També et penso citar a terra ferma.

El Albatros deixa el plat de sopa. M'envaeix un sentiment que temps enrere hauria anomenat germanor. L'àlies li ha d'agrair al Jeremy, que és capaç de menjar quantitats enormes d'amanida i de passar els estius a San Diego, on ven tendes de campanya ultralleugeres i motxilles ultralleugeres als aventurers.

—Us ha passat mai que heu perdut d'un pèl un avió i després, ansiosos pel sentiment existencial de ser un escollit, heu desitjat que l'avió s'estimbés?

El Jeremy s'ha acabat el plat d'amanida, cosa que li dóna l'oportunitat de gravar les nostres reaccions amb la càmera de vídeo. Ara ens assetja per dur el seu quadern de bitàcola visual, que ha batejat amb el nom de *Turbulències quotidianes*. La Beate torna del bufet i mira estranyada la taula en silenci.

—Calleu d'amagat meu?

—Vols dir un d'aquells moments en què et fa ràbia no ser Déu, Jeremy?

—Déu? El paper ja està adjudicat, un mal càsting, i les múltiples reestrenes no hi poden canviar res.

—M'interessa molt més —diu la Beate—saber si us agradaria més tornar a néixer com a animals o robots.

—A mi no m'ho preguntis —contesta el nostre ornitòleg—, ja m'heu designat ocell en vida.

«El Albatros», el Jeremy ho va deixar caure sense més després de ser testimoni auricular per enèsima vegada d'un elogi al gran ocell blanc amb l'envergadura d'ales més gran de tots. El Jeremy va pronunciar el nom d'una manera molt particular, «El» com ho hauria fet un xicano, i «Albatros» molt estirat, com si les vocals haguessin desplegat les ales. Quan acaba de dinar, El Albatros congrega al seu voltat els ornitòlegs aficionats, igual que un guru la seva petita secta. Se'ls reconeix de seguida pels imponents prismàtics al voltant del coll, s'amunteguen a la coberta oberta de popa i guaiten concentrats, recopilen observacions mentre l'escuma de les onades els deixa amarats, els colzes sobre la borda, els prismàtics repenjats, un fa guàrdia darrere d'un telescopi terrestre, a la cacera d'un *lifer,* de la primera visió d'un paràsit austral, tan semblant al subantàrtic que es poden confondre, qualificació d'extremament rar. Hi ha molta competència entre ells (diuen que els ornitòlegs aficionats rivalitzen de tant en tant en capacitats visuals durant les observacions), no és fàcil reafirmar-se davant d'uns vents contraris tan ambiciosos, fins i tot a El Albatros se li ha pogut provar un descuit alguna que altra vegada. Després xiuxiuegen damunt d'un volum obert de *Birds of the Antarctic,* els dits llisquen sobre plomes, els ombrejos provoquen discussions quan no aconsegueixen posar-se d'acord sobre quina mena de paràsit han vist, el fracàs a l'hora de classificar-los espatlla el plaer de l'observació. En un viatge anterior, em vaig col·locar a un lloc on em poguessin sentir els amics dels ocells, i vaig esperar una estona abans de cridar emocionat:

—Allà, allà, un albatros fuliginós negre (abans havia triat aquest ocell rar a la biblioteca),

els bojos dels ocells van venir a corre-cuita, se sentia:

—on, on?

vaig burxar l'aire amb el dit:

—allà, allà,

i tots es van inclinar amb el tronc endavant,

—ara s'ha submergit,

i van observar les onades,

—ja no el veig,

van fer relliscar la mirada per damunt de l'aigua,

—se n'ha anat,

no es van donar per vençuts tan fàcilment, s'obstinaven a explorar el mar i el cel,

—quina llàstima, una veritable llàstima.

El Albatros va preguntar amb un interès formal sobre la composició del plomatge del coll, els enfosquiments a les rèmiges primàries, jo em vaig fer passar per un testimoni insegur fins que em va delatar una llampegadissa als ulls. El Albatros em va obligar a confessar: estic segur que he vist el davant clivellat d'un iceberg tabular, però aquest ocell estrany, no podria jurar que l'he vist de veritat. El Albatros no es va enfadar amb mi, de fet, també l'empipen els passatgers que donen més importància a les seves llistes registradores d'espècies que a la meravella d'un sol ocell, a la meravella del seu vol d'hores i hores, a la meravella de les plantes dessalinitzadores del seu bec, a la meravella de les seves habilitats per capbussar-se i de les seves tècniques de navegació. En lloc d'això, duen llibres de comptabilitat pedants o anoten totes les observacions, llocs, moments i testimonis, de manera que algun dia els historiadors podran partir de nombroses proves per imaginar-se les antigues àrees de distribució de les diverses espècies d'aus. No, no s'arribarà tan lluny, els historiadors s'extingiran abans no es descobreixi l'últim ocell.

Canvien els malsons, els nostres malsons col·lectius? El destil·lat de les nostres discussions èbries? Són els malsons d'una època la seva expressió més sincera? El meu pare es perdia en somnis (m'ho va confessar un dia com a mostra de simpatia) en una tempesta de neu, els seus passos cecs el portaven a una casa sense portes ni finestres, sense xemeneia, una casa habitada, hi feia olor de vida (farcellets de col, tan lluny arribava la precisió culinària amb què malsomiava el meu pare), emetia una escalfor que li descongelava les mans glaçades, i quan parava l'orella a la paret exterior de fusta, sentia veus amortides. Per molt que cridés, encara que hi piqués fins a ensangonar-se els punys, els de dintre de la casa no el sentien, o el sentien i no li feien cas. L'instint de supervivència el despertava abans de morir davant de la casa despietada. Ja m'agradaria a mi que se'm concedís un malson com aquest, el celebraria amb crits d'alegria, llançaria la meva gorra enlaire dins la tempesta de neu, qualsevol cosa seria millor que seure damunt d'una roca amb un tros de gel a les mans, un tros de gel fonent-se, l'aigua em regalima pel braç, regalima i regalima, per dintre de la camisa i per la cuixa, goteja i goteja, fins a formar un bassal entre les meves cames. Tant és si l'agafo amb molt de compte amb les mans, el gel es continua fonent. Intento desprendre-me'n, posar-lo damunt d'una roca, però se m'enganxa a les mans, s'hi enganxa fins que amb les mans ja només agafo un record que vessa. Quin somni sentimental més repugnant, amb quanta incomprensió hi reaccionarien els col·legues, el Hölbl em posaria a parir, t'han ben fotut al somni, diria. Hi ha malsons que no es poden confiar a ningú.

3

Em costa parlar-ne, mamma mia, gaudiu-ne mentre n'hi
hagi, tutti frutti, no trobo la seva reserva, ens l'han cancel·lat,
em temo que no es pot trobar cap habitació lliure en aquesta
ciutat, doncs ja ens poden fer la gara-gara, aquestes ficades
de pota, estan assegurades?, unes obres d'art com aquestes
deuen valer una fortuna, qui destrueix la natura mata Déu,
això deia el meu veí, ara és en un d'aquells vaixells de l'Antàr-
tida, ja sap, ràpidament a la nostra web, rascarascapuntcom,
la nostra webcam és de fiar, tan aviat com l'Antàrtida sigui
un mercat emergent, hi obrirem una oficina, dit amb altres
paraules, mossèn, vivim en temps teoïdals? L'hem de desper-
tar, en casos com aquest s'ha d'informar immediatament el
ministre d'Exteriors, li he de comunicar de seguida l'incident.
De nit, tots els gats, no ho puc negar rotundament, però és
una mica exagerat, són negres com el sutge, bla bla bla bla, el
meu preciós alè, tard o d'hora a tothom li arriba l'hora, aques-
ta tasca mereix un futur, i això són unes mides perfectes, in-
creïbles. S'ha d'aclarir urgentment que encara no sabem si
es tracta d'un accident o d'un delicte, no s'oblidi de comentar
que, de moment, no es pot descartar un atemptat terrorista.
Ningú no camina impunement sota les palmeres, impostos

que jo pago per a despeses que rebutjo, ningú no ho qüestiona, excepte els que passen comptes, lmfao, l'avarícia és un pecat més greu que el malbaratament, suposem que tots els éssers vius tenen el mateix esperit, la mateixa ànima, però cossos diferents, més lluny, malalt!, sí, malaltíssim, no exagero, patològicament malalt!, para, para, vell llunàtic, més enllà de la curació i l'esperança, aniria bé un número més petit?, heu d'anar més lluny, la situació no pot ser tan dolenta, tu trepitja, que fa fort. Tots creiem en un bon desenllaç, la setmana passada vam evitar per molt poc un desastre mediambiental, s'han de treure conseqüències d'aquest accident. Si la barqueta es tomba, ulls que no veuen, cor que no plora, una carrera de pel·lícula, de model a presentadora de televisió, no hi tens res a pelar BREAKING NEWS CENTENARS ESCAPEN PER POC DE LA MORT? BREAKING NEWS CENTENARS ESCAPEN PER POC DE LA MORT? només serveix començar de nou

IV

S 51°41'37" O 57°49'15"

Aquest cop també plou a les Malvines. Els dies que no plou entren als annals de la història, igual que els vespres que els dards descansen al Victory Bar. Abans, la vida a Port Stanley era d'una perillositat insospitada, qualsevol podia extreure torba a voluntat més amunt de la ciutat, i l'aigua es va acumular a les galeries excavades fins que una nit el fang va relliscar muntanya avall, va travessar la ciutat adormida, sense despertar ni tan sols un gos, va engolir casa rere casa, va arrossegar l'escola i l'església fins al port i va ofegar un botiguer i dos esquiladors d'ovelles. Això també va entrar als annals. Port Stanley, havia declarat el governador fa uns anys, és una ciutat molt britànica en una illa molt britànica (els conferenciants dels creuers s'hi fixen, en aquestes sentències sòlides, els encanta caçar frases cèlebres al vol). El governador es mereix una rèplica: de fet, les illes pertanyen a Sud-àfrica, geològicament parlant (el meu discurs), des d'una perspectiva biològica, inequívocament a Amèrica del Sud (l'opinió de la Beate), però des d'una perspectiva política, únicament i exclusivament a Gran Bretanya (la posició de Margaret Thatcher). Els passatgers ens massacren amb preguntes sobre la guerra, una de les guerres més estranyes entre homes blancs, se'n recorden dels vespres tensos davant del televisor. Jo sempre contesto breument i amb contundència: va ser la primera guerra de la història de l'hemisferi occidental en què van morir més persones que animals. Ni idea de si és cert, els animals no acostumen a sortir als informes dels conflictes bèl·lics, però això commociona els passatgers.

A la Paulina li venia de gust anar a fer un volt. No havíem passejat mai junts per territori britànic. Fins aleshores, atracàvem a les Malvines quan el viatge s'acostava al final, la Paulina estava ocupada amb l'inventari i jo preparava la subhasta de records a favor d'una fundació que intenta ensenyar als pescadors com poden evitar que els seus palangres matin cada any centenars de milers d'albatros. Aquest cop, a la tarda tenim una hora llarga lliure. La Paulina porta unes sabates de color verd poma i un impermeable que li va gran. Amb el vent, l'impermeable es bomba i es converteix en una mena de catamarà tornado, i l'he d'agafar del braç perquè no surti volant. Marxem, tots dos sols, en direcció a Gypsy Cove, sé per on la sendera remollida ressegueix la costa embullada, a tocar de l'aigua, les veus de les nostres passes foragiten una bandada d'ànecs, ànecs vapor de les Malvines, anuncio donant-me-les d'entès, la Paulina assenyala somrient les restes del vaixell embarrancat LADY ELISABETH.

—I això és un ànec vapor molt gros.

—D'acord, d'acord, era mentida, realment són ànecs bussejadors.

—I m'ho he creure, professor? Ànecs bussejadors?, *don't pull my foot,* i segur que allò que vola per allà són oques veler, oi?

—De cap manera, són fotges vulgars, t'ho juro, són fotges vulgars adultes.

Les seves mans s'han obert pas per sota de la protecció contra el vent i la pluja, sota la llana i el Gore-Tex, m'acaricien el pit amb una fredor optimista.

—De tu he après —diu onejant certa seriositat—, que els que saben molt acostumen a mentir.

—No ho podríem deixar en «inventar»?

La meva protesta provoca poc entusiasme, el camí tomba des de la costa, travessa un bruguerar amb menhirs i continua fins a Yorke Bay (ens topem amb alguns clients, se'ns queden mirant, intueixo molt bé amb quins pensaments maliciosos). Hi ha un agent rural al costat d'una cabana de fusta, com si ens estigués esperant, preparat per explicar-nos qualsevol cosa. La Paulina m'assenyala burxant-me amb el dit.

—Si vostè sabés el que aquest home dolent…

L'agent rural prem els llavis i arrufa les celles; sufoco un brot d'irritació incipient.

—No és tan greu com sembla, és que no ens posàvem d'acord amb quins ocells duien quins noms.

—Aquesta platja és fantàstica, ha d'agradar molt a la gent.

—Sí, és la platja més bonica de la ciutat.

—I tan buida, al nostre país, un dissabte tan agradable com avui, estaria plena a vessar de nens fent xivarri i pares jaient tranquil·lament.

—Jo no ho aconsellaria a ningú.

—Pels corrents?

—El mar no és perillós, ho és la platja.

—Per què?

—Està minada.

—Minada?

—Mines antipersona.

—No ho entenc, hi ha molts pingüins a la sorra.

—Bona pregunta, madam, però pensi que les mines només exploten amb un pes de vint quilos, i a tant no hi arriben ni els pingüins de Magallanes adults, no es preocupi, els animals no han de témer res.

La Paulina es tapa la boca amb la mà.

—Els soldats són els millors protectors dels animals —dic.

—Van ser els argentins —puntualitza el forestal.

—Igual que al meu país —diu la Paulina—, sembla paradisíac, fins que et peta a la cara.

La Paulina torna a riure, és un riure diferent, un riure per esborrar les coses desagradables.

—Aquí s'hi troben bé, els pingüins de Magallanes, excaven nius a la terra torbosa i tova, entre els feixos d'herba i les dunes.

—Hi excaven nius?

—Sí, madam, i els utilitzen durant anys, s'aparellen per a tota la vida, no coneixen el divorci. Trien parella amb molt de compte, i se'n poden refiar totalment.

Escoltem amb atenció les seves explicacions, i també els pescadors d'ostres que hi ha al fons, ens acomiadem, cap a les argelagues florides, on cullo un ram de volantí, no és per a tu, Paulina, és per a l'altar familiar de la nostra cabina, per a les moltes àvies. En el camí de tornada, ens aturem davant d'una tanca d'estaques on hi ha clavat un petit cartell vermell, de prop s'hi reconeix una calavera sobre dos ossos encreuats, amb les paraules *Danger Mines*.

Sobre el taulell de recepció, algú hi ha deixat un prospecte, que obro com aquell qui res: «Les Malvines són una de les poques meravelles naturals verges del món modern». Zones minades, un paisatge verge? Per què no, al poble tirolès de Kitzbühel també se'l considera un lloc de repòs i aire pur els dies festius radiantment atapeïts. El Albatros no para de replicar-me. Si totes les platges estiguessin minades, no ens hauríem de preocupar per les reserves ornitològiques. L'escolto a mitges, a la taula del costat, endrapant a cullerades una crème brûlée, uns quants homes xerren sobre el paisatge encisador de la Yorke Bay, com feta a mida per a un camp de golf, un camp clàssic a la vora del mar, i mentre ells s'embranquen en la seva fantasia, jo m'imagino que la posició de les mines terrestres cau en l'oblit durant les obres. La platja (un par 3 espectacular per damunt dels caps dels nostres pingüins de Magallanes, establerts allà) seria una mena d'obstacle d'arena exclusiu, del qual es podria afirmar amb tota la raó del món: és summament complicat sortir d'aquest *bunker*.

L'he observat tota la vida, curosament per passió i amb instruments precisos. Si les meves observacions no haguessin deixat cap bony en la visió que tinc de la meva ciència, la meva vida acadèmica hauria sigut un malbaratament. Al maig i al setembre, sempre me n'hi anava uns dies abans que els meus alumnes de la universitat, per entregar-me sense destorbs a les impressions dels meus sentits, per sentir sense destorbs la glacera, abans no enregistréssim les dades, aquella glacera que el meu director de tesi em va encomanar que protegís, un matrimoni de conveniència que es va transformar en passió al llarg dels anys, com si cada mesurament fos una confirmació de la seva unicitat. El primer dia em llevava al matí abans que el sol, em cordava les botes de muntanya, que al principi se'm feien estranyes, i sortia a vorejar a peu la meva glacera, amunt per la cara esquerra i, després del pas situat per sota del cingle, avall per l'altra cara. La palpava de nou, amb els ulls, amb els peus. Cada cop que m'aturava, la tocava, posava les mans sobre els seus flancs i després em passava les mans per la cara. El seu alè gèlid, la seva fredor excitant. Tots els seus sons m'eren familiars, els brogits i els cruixits, els espetecs i els retrunys, totes les glaceres tenen la seva pròpia veu, quan anava a una altra glacera, comparava la imatge sonora de la desconeguda amb la d'aquella que m'era familiar. Una glacera moribunda sona diferent que una de sana, fa una fressa intensa quan peten les esquerdes, i si pares atenció, sents córrer l'aigua del desglaç, cap a llacs subterranis que li encloten més ràpidament el cos arrugat. Érem com una parella d'enamorats de molts anys, un dels dos estava greument malalt i l'altre no hi podia fer res. Els termes que hi havia per descriure la nostra relació eren deficients. Termes com ara «objecte de la investigació» o «balanç del mesurament de la massa», cap «sèrie de xifres» feia justícia a la meva entrega, tot inadequat com la «comptabilitat» amb què sondejàvem la neu vella al final de l'hivern, gairebé com a ingressos, i calculàvem el desglaç al final de l'estiu, gairebé com a despeses. Els abonaments i els càrrecs al compte em desesperaven cada cop més. Al llarg dels anys, em vaig convertir en un metge a qui només li cal mirar el seu pacient als ulls per fer-ne el diagnòstic correcte, vaig notar el decaïment de la meva glacera abans que la corba que assenyalava el valor mitjà de l'espessor de les capes pronunciés un judici en declivi, no em calia esperar els resultats per comprendre a què ens enfrontàvem davant d'aquella pèrdua contínua. Era impossible compensar les pèrdues. Envellíem junts, però la glacera m'avançava en l'agonia.

Normes, normes i més normes. Sense regles estrictes, la gent ho trepitjaria tot, ho reconec, però alhora m'humilia imposar-los normes. Instruir els periodistes és una de les feines més desagradables de les meves noves tasques. A tots els viatges hi ha gent de premsa a bord, molt apreciada per la companyia naviliera per la publicitat gratuïta en els seus articles, redactors relaxats i fotògrafs pesats, a l'últim viatge de la darrera temporada n'hi va haver una dotzena, el cap d'expedició va voler un assessor mut per donar suport a la seva autoritat, i vaig ser testimoni per primera vegada del compliment d'aquella tasca obligatòria. Els periodistes no tenen drets especials ni a bord ni a terra ferma, això se'ls ha de treure de seguida del cap. El meu predecessor va agafar un to sever, em va sonar com una paròdia metàl·lica d'un discurs de disciplina i ordre, em vaig empassar un somriure i vaig girar el cap com si esperés alguna sorpresa per la banda oest-sud-oest. M'has de dir alguna cosa?, em va preguntar després. Els hem de tractar com a caps verds? Pel que fa al tracte amb la natura, considero que tot-

hom és un cap verd, va contestar el cap d'expedició, que ara
jeu en una habitació d'hospital a Buenos Aires, on segurament
estudia les seves revistes de iots amb la mateixa atenció amb
què jo estudio les cares dels periodistes que s'han assegut en
semicercle davant meu i es presenten en torn seguint la meva
invitació. Això em dóna l'oportunitat de separar el gra de la
palla, els raonables dels obstinats. Instintivament, n'emeto un
judici precipitat. Com ha pogut perdurar la idea romana de la
presumpció d'innocència en una cultura impregnada del con-
cepte del pecat original? La rossa trempada d'Hamburg no
provocarà maldecaps, ha portat un amic, està d'*easy working
holiday,* evitarà fer qualsevol cosa que causi mala impressió.
A la mirada del càmera colombià, hi aguaita una insolència
lleugerament inflamable, el redactor, en canvi, transmet apa-
tia, segur que mai no s'espolsarà la mandra de sobre per bus-
car una provocació. El nerviosisme de la jove nord-americana
atractiva és evident, i de seguida es mostra inaccessible. Em
dic Mary, diu, de *Mother Jones,* i res de bromes, si us plau.
Miro els altres, encuriosit pel comentari, però la broma su-
posadament òbvia no és accessible per a ningú de nosaltres.
Estic segur que el càmera musculós, que probablement no es
treu el somriure divertit de la cara ni quan dorm, intentarà
abordar-la quan surtin de la sala de conferències i l'acorrala-
rà amb un acudit mínimament barroer. L'últim de la fila és
un paio elegant, amb vestit, que es presenta com a mànager
i relacions públiques del Dan Quentin, i fa una pausa consi-
derable, segurament en espera de mirades d'admiració que,
sorprenentment, li donen amb molt de gust, pel que sembla,
sóc l'únic a qui el nom no li exigeix cap mena d'estima. Diu
que el seu cas requereix una entrevista especial, que segur que
el capità ja m'ha donat instruccions pel que fa a l'assumpte. És
evident que el paguen per maniobrar cap a una posició privi-
legiada mitjançant la selecció oportuna de paraules. No, con-
testo, el capità i jo encara no hem tingut temps de parlar del

Dan Quentin, però estic segur que arribarà el moment, ara es tracta d'arribar a un acord sobre uns quants principis. A bord regeixen les mateixes normes per als periodistes que per a la resta de passatgers. No surtin mai dels camins marcats amb banderes vermelles, no arrenquin res, no s'enduguin res, no llencin res, ni tan sols un trosset de paper. Passi el que passi, s'han de mantenir a una distància de cinc metres dels animals, també dels pingüins, i tinguin per segur que l'excusa que, malauradament, els pingüins no coneixen aquesta normativa ja l'hem sentit més d'una vegada. Igual que els altres passatgers, vostès tampoc podran estar més de dues hores a terra. No intentin guanyar més temps. I segueixin les nostres instruccions. Si no ho fan, els deixarem a terra, i llavors podran escriure un article sobre la seva hivernada solitària, que els farà famosos a tot el món. Quan acabo de pronunciar aquestes paraules, dubto de si la meva manera de procedir no supera la del meu predecessor. Pregunto si tots m'han entès, cal fer-ho: quan la gent xerra en dues o tres llengües, es parla amb el greu perill que hi hagi malentesos. El mànager del Dan Quentin rosega les seves ulleres de sol, la Mary ho anota tot, el redactor li demana xiuxiuejant al càmera que li tradueixi la darrera part del meu discurs (no hauria de ser el redactor qui domina l'anglès?). Alguna pregunta? Cap, perquè per fora desfila la gran distracció. Ah, sí, el primer iceberg, provo de dir en un to lleuger, ara passen de mi, d'aquí a dues setmanes n'hauran vist tants que ni tan sols giraran el cap quan n'aparegui un altre. Com era d'esperar, el mànager s'aixeca just després de les meves paraules de comiat, s'afanya a venir cap a mi, em parla abans d'arribar davant meu, com si jo fos una màquina d'escriure amb la qual es teclja amb èmfasi una reclamació. M'insisteix a parlar aviat de l'assumpte amb el capità, es tracta d'un projecte colossal, el repte logístic no s'ha de subestimar, la visió artística és explosiva, absolutament actual, l'Antàrtida el projecte més important de la humanitat, el Dan Quentin establirà un precedent, hissarà una bandera emotiva visible a tot el món, crearà un símbol de l'amenaça i l'amenaçament, encunyarà una moneda visual novíssima. Diu que demà al matí em vindrà a veure després d'esmorzar, que celebra la col·laboració. Mentrestant, la Mary s'ha mantingut en un segon pla, d'on només surt per preguntar-me amb timidesa si em pot fer una entrevista en una estona lliure. Li dic que sí, agraït.

Els meus estudiants no sabien què és una devesa. Amb aquestes tres síl·labes només aconseguien associar-hi un imprecís «té a veure amb un rierol» o «no és una superfície natural?». No els avergonyia la seva ignorància, com si els correspongués el dret fonamental a oblidar el que s'ha destruït. L'últim dia de la nostra estada a la glacera a finals d'estiu, a l'hora d'esmorzar els vaig demanar que deixessin a punt les motxilles abans de pujar-hi una última vegada, i vaig donar un bitllet de cent xílings a l'encarregat de l'alberg Zum Kogl perquè ens portés els trastos a una hora determinada a l'estació. Un cop vam haver enllestit una darrera caminada per la glacera, vaig proposar als estudiants de fer a peu el primer tram del camí de tornada. Per què?, van preguntar. Perquè només així es pot interpretar el paisatge, vaig contestar. Algú va remugar, però ningú es va atrevir a quedar-se a la parada de l'autobús: l'efecte disciplinari d'una nota final pendent és notable. Vam mirar avall. Des de dalt es pot veure clarament la influència de l'home, es pot distingir clarament com hem desbastat la natura. Això no era cap coneixement nou, ni tan sols per a uns estudiants condicionats per la ciutat que gairebé no coneixien la paraula «devesa». Però jo volia que almenys durant una tarda es fixessin conscientment en el braç mort que havia ocupat l'espai de la devesa, els rius canalitzats, les mesures pedagògiques de la nostra civilització. En un sortint des del qual la vall era sota nostre com un arxivador obert, vaig donar una breu conferència sobre les deveses d'abans, que la gent va considerar un bon dia terra sense valor, estranyes massa domesticables enmig del seu ordre antropomètric, i per això l'ull actual mira una terra drenada, talada, una terra profitosa, on el cultiu de pomes ha pres possessió de l'herència de les deveses. Primer van ordenar la natura, després en van racionalitzar el conreu. Entre centenars de classes de pomes, només unes quantes compleixen les normes, unes normes que es van establir perquè els fruits silvestres hi fracassessin. Del gust i del color, en el futur se n'ocuparia la química. Hem comprimit amb èxit la diversitat de la natura mitjançant les reixes de la nostra simplicitat. Fa uns anys, dic per concloure el meu discurs extemporani, un pagès d'aquesta vall no va aconseguir vendre la collita més saborosa de la seva vida perquè la mida i la curvatura de la fruita no complia la norma dels supermercats, no va trobar comprador per al munt que es podria, hauria regalat les pomes si per davant hi haguessin passat prou criatures. Més tard, mentre fèiem un mos a una pradera alpina, alguns estudiants van treure de les motxilles unes Granny Smith ben llustrades, van mirar les seves pomes normatives i van intercanviar mirades cohibides. Van clavar-hi queixalades, i mentre mastegaven potser es van preguntar quin gust devia tenir una poma de veritat. Potser la pregunta es transformaria en una nostàlgia tenaç per a l'un o l'altre; esperar-ne més hauria sigut desmesurat.

El pianista m'espera impacient. Sempre fa veure que la meva presència el molesta, però si faig tard busca on sóc amb la mirada, i si el faig esperar més estona li pregunta a l'Erman, el cambrer, pel meu *whereabouts*. Després de sopar, païm junts el dia. Jo sóc el seu GPS discursiu, contra la meva posició pot determinar les seves pròpies coordenades. Sents un orgull patriòtic per les Malvines? No cau en la provocació. Les úniques dones maques d'aquesta illa deixada de la mà de Déu, contesta, són les tailandeses de la botiga de records. El pianista no ha malgastat amb les turistes els seus trenta anys a bord de creuers, ha explorat les variacions locals de la feminitat, les dones de terres llunyanes són per a ell el darrer lloc salvatge del planeta (quan estem sols, deixa anar unes grolleries que farien esbufegar d'indignació la senyora Morgenthau). Com tots els entesos valora el que és extraordinari, insòlit, extravagant. Si algun dia es jubila, cosa que dubto perquè, malgrat el seu xovinisme planxat cada dia amb ratlla, d'amagat tem el provincianisme anglès, servirà les seves experiències filògines al seu bar habitual en un to d'home de món. Per cert, li dic, la platja encara està minada. Aixeca el vas de gintònic, gira el sotagot amb la mà esquerra i hi torna a deixar el vas desconcertantment centrat. Sembla de bon humor, en porta una de cap, alguna cosa amb la qual pretén prendre'm el pèl, gairebé no té espera. Tanco els ulls. Se sent dringar darrere meu. Les veus omplen els gots, els gots vessen, les veus esbaldeixen els gots, dins del meu estómac es regira una onada una mica agra. Quan obro els ulls, el pianista s'inclina endavant i parla en to de conspiració:

—Si sabessis el que hi ha aquí al fons del mar.

—Or? —miro d'endevinar-ho sense ganes—. Torpedes? Pogonòfors?

—No, res d'això. Vaixells, vaixells imponents. I un munt de compatriotes.

—Compatriotes de qui?

—Teus.

Es tira enrere.

—Suposo que fa molt que hi són, no?

—Des de la Primera Guerra Mundial.

—No m'interessa, fa molt que ho hem oblidat, ens ocupem de cadàvers més frescos.

El pianista assenteix amb el cap, com si aquesta rèplica fos igual de previsible que la jugada següent en l'obertura clàssica d'una partida.

—Et diu alguna cosa el nom del comte almirall Von Spee?

—No, res, espera, Von Spee... Von Spee? Quan anava a la universitat, vivia prop de la plaça del Comte Spee.

—Segur que és el mateix, un almirall important.

—Porta el «von» o no el porta?

—*Same difference.* En qualsevol cas, és un dels vostres herois.

—En què van consistir els seus actes heroics?

—Va travessar dos oceans, després es va presentar amb la seva flota davant de Port Stanley, s'havia ficat al cap impedir el subministrament de carbó de l'armada britànica, tot i que sabia que tenia irremissiblement les de perdre.

La veu del pianista avançava rabent, podria treure les mans del volant, la cosa anava pendent avall, amb lleugeresa cap a la meta.

—Port Stanley estava protegida per dos cuirassats, un es deia Her Majesty's Ship INVINCIBLE, i l'altre Her Majesty's Ship INFLEXIBLE...

—Tot un detall per part vostra, això d'avisar el comte almirall Von Spee tan explícitament.

—Tot un detall, però no va servir de res, l'almirall va ignorar l'avís, va insistir a enfonsar-se en aquestes aigües, juntament amb dos fills i dos mil homes.

—Una tomba freda. I què em vols dir amb tota aquesta història?

—Em sorprèn que un geòleg sigui tan impacient. Abans de la batalla, l'esquadra va fer escala a un port xilè, això li va costar temps, el factor sorpresa es va perdre, però havia de ser així: l'almirall volia imposar tant sí com no tres-centes creus de ferro al pit dels seus mariners.

—Davant de les Malvines hi ha tres-centes creus de ferro?

—*You're catching on.*

—Absurd.

—Al contrari, molt i molt sensat, el prudent almirall es veia venir l'enfonsament i volia evitar que els seus homes s'ofeguessin sense condecoracions.

El pianista estira el braç sobre el respatller del seient car‐ mesí i em mira satisfet. Té un talent considerable per posar en escena el seu benestar, fent petar els llavis i passant l'índex pel marge del got de gintònic, gairebé buit.

—Creus al fons del mar, mines a la platja, ho reconec, he subestimat la vostra illa.

—La pròxima vegada hi hem de fer un volt junts.

—M'ho rumiaré. Però només si tu aquest vespre toques la peça que et demano.

—Sigues indulgent, si us plau, no conec cap marxa fúne‐ bre alemanya.

—Mai et reclamaria una cosa així. Més aviat pensava en una cosa que podries tocar amb l'esquerra mentre amb la dre‐ ta descordes un vestit d'estiu.

—*Now your talking.*

—En honor del comte almirall Von Spee, en honor dels pingüins lleugers a la platja, et demano un himne, l'únic him‐ ne que pot estar a l'altura d'aquest moment.

—Vaja, ara ve la capitulació.

—Si us plau, toca'm *Rule, Britannia! Britannia, rule the waves!*

A tots els viatges surt com a mínim un cop el tema del cente‐ nar de noms que els inuit tenen per a la neu i el glaç. Ho puc confirmar, dic, els inuit tenen paraules per designar les pannes de glaç, les plaques rodones de glaç que comencen a formar la banquisa, les dunes de neu, les capes primes de gel marí, els icebergs tabulars i les banquises de glaç, la neu pasta i les agulles de glaç, les masses de gel, també anomenades camps de glaç, formades per la neu congesta, els casquets de gel, glaç permanent i glaciació (i quan contesto en anglès, també ano‐ meno els *growlers* i els *bergy bits*). El que no sé del cert és si tenen un nom per als insectes col·lèmbols de les glaceres.

4

Com un elefant en una terrisseria, no n'hi ha per a tant, hem anat a parar a una situació crítica, ja ho pot apuntar, al sud dels 40° de latitud no hi ha cap llei, acapareu-ne mentre n'hi hagi, encara no s'ha acabat. Delta Omega, Delta Omega, Delta Omega, aquí Foxtrott dos, message. Canvi. Aquí Delta Omega, send. Canvi. Vol de tornada des de l'estret de Gerlache. Canvi. Què ha passat? Canvi. Dan Quentin. Canvi. Dan què? Canvi. Se'n pot treure més, ningú no ho qüestiona, el guru va triar la solitud i la quietud de les muntanyes, Charly, no hem valorat el cul de la dona, però és que no tinc ulls al clatell, hahaha, no se m'acut què més dir, a la primavera, a l'estiu i a la tardor vivia a la malesa dels boscos, el cel era el seu sostre. Quentin, muntat en el dòlar, és el nou Christo. Canvi. Roger, mai n'he sentit a parlar, d'aquest Dan Quentin, què hi té a veure, amb Cristo? Canvi. Christo, The Umbrellas, Valley Curtain, Running Fence. Canvi. Això no em diu res. Canvi. Fa visible la natura tapant-la. Canvi. Un vell truc de puta. Canvi. Art amb persones. Canvi. Calar foc, als tot terreny esportius, els piròmans juguen amb foc, això no ho mencioni de cap manera a l'entrevista personal, primer hi ha una explosió, després el cotxe s'incendia, a l'hivern es retirava a una cova que el protegia del fred viu i de la neu, al sud dels 50° de latitud no hi ha cap govern, es negava a menjar el que havia sembrat i recollit la mà de l'home. Per exemple? Canvi. «FAQ» a Silicon Valley, «QED» al Burj Khalifa. Canvi. La gent despullada a Hyde Park? Canvi. Això ho va fer un altre. Canvi. Què se li ha perdut a l'Antàrtida? Canvi. SOS al glaç. Canvi. Recol·lectava els fruïts d'arbres silvestres, les herbes del bosc i les arrels de la terra, al sud dels 60° de latitud no hi ha cap déu, ens n'hem sortit per poc, li donava al seu cos just el que calia per sobreviure. Els passatgers del HANSEN han format un SOS vermell fent una cadena humana. Canvi. Voluntàriament? Canvi. Sí, uns cent passatgers per lletra. Tot un espectacle, t'ho dic jo. Canvi i fora. Roger. Canvi i fora. Amb mi tindràs el que desitges BREAKING NEWS MS HANSEN SEGRESTAT A L'ANTÀRTIDA BREAKING NEWS MS HANSEN SEGRESTAT A L'ANTÀRTIDA anem a port

V

S 53°11'8" O 45°22'4"

Amb tempesta, amb una tempesta forta, quedar-se a la cober-
ta exterior, el vent i l'escuma fuetejant la cara, exposat durant
un temps breu a les privacions d'èpoques passades, a bord
d'un creuer que balandreja, al passatger li arrenquen l'aire
dels pulmons, desemparat a la mercè del vent, tant és amb
quantes capes de material de la més alta qualitat s'hagi embo-
licat, estarà glaçat al cap de pocs minuts, a una porta del saló
càlid, des d'on pot contemplar la força de la natura a través
del vidre com si fos un documental premiat. Gairebé tothom
es decideix per aquesta visió còmoda des de la primera fila.
Jo sóc l'únic que es repenja a proa sobre la borda, l'escuma
m'escup a la cara, m'aferro a la fusta, el vent me les fot, té dret
a castigar-me per la meva comoditat, pel nostre pecat mor-
tal civilitzador, que nega el principi de la vida, perquè només
viu allò que aspira a un gradient energètic. Els petrells ballen
per les ràfegues, l'èxtasi de les seves anades amunt i avall és la
meva nostàlgia, que s'ha tornat alada, em gronxo a l'aire com
si també se m'hagués concedit el do de ballar d'aquella mane-
ra, els motors fan gàrgares a la gola d'una tempesta udolant,

sóc ridícul, m'imposa el que és obvi. No sabem interpretar el vol dels ocells, diu El Albatros. Només malentendre'l. En una visibilitat a mitges s'entreveuen les ombres d'un objecte imponent, s'acosta un iceberg, més gros que el nostre vaixell, pla a la superfície, com allisat, com si haguessin separat tota una província de la barrera de glaç, condemnat a girar al voltant del pol Sud o a flotar cap al nord i, mentre es consumeix, a donar l'aire més pur a l'hemisferi, l'aigua més neta a l'oceà, carregat de poders curatius que fan créixer fitoplàncton, i de zooplàncton que alimenta el krill, uns petits crustacis que alimenten ocells i balenes (des que jo vaig néixer, diu la Beate, la població de krill ha disminuït gairebé quatre cinquenes parts, això no se li pot discutir). Als laterals de l'iceberg s'han obert uns orificis ovalats, vulves poderoses que blavegen a l'interior. Reclams que es fonen. Tot d'una, el sol flameja darrere d'una cortina calitjosa, un paràmetre de la finitud. La lluminositat resisteix uns quants embats de les ones abans de tornar a desaparèixer, i la tempesta continua bramant en el crepuscle.

Silenci? Un bé tan escàs que es comercialitza amb èxit, guardat en zones protegides, custodiat en reserves. Aquests enclavaments es redueixen, el ritme dels temps amenaça pertot arreu a un compàs de 4/4. Fa uns anys, quan les campanes de l'església ja havien tocat a vespres, em vaig negar a sortir de casa per anar a sopar a una fonda, vaig protestar contra la salsa sorollosa amb què se serveixen tots els rostits de cérvol. Tampoc vols anar al metge perquè a la sala d'espera se sent la cadena de ràdio Antenne Bayern?, va preguntar la Helene amb sorna, i què passa amb el dentista i el so esfèric de la música budista? Va agafar d'una revolada les claus del cotxe, que eren al platet de ceràmica, i va marxar a corre-cuita, a casa de la seva germana, que es portava bé amb mi perquè tenia paciència amb els laments del disc ratllat que sempre posava la Helene. Em vaig asseure a la cadira de l'entrada, vaig tancar els ulls i em vaig quedar una bona estona en aquesta postura. Com es pot entendre que «silenci» i «quietud» s'hagin transformat en paraulotes? Fins i tot pels camins sento els baixos que anestesien els ionquis que no suporten els sons de la natura. Si almenys escoltessin la seva pròpia veu, però no, ho empastifen tot amb una capa de sorolls insulsos. Ho admeto, en el tren, de camí a la universitat, alguna vegada m'he posat els auriculars, els acords de Tallis ocultaven la lletjor dels polígons industrials al llarg del trajecte, però hauria sigut impensable escoltar Tallis al bosc, a la muntanya o en presència de persones conegudes. A bord del HANSEN no hi ha música per megafonia (en altres vaixells d'altres latituds, probablement sí, com m'ha explicat la Paulina, allà xisclen sintonies, hi ressonen xarangues); fa poc, a l'illa del Rei Jordi es va celebrar un concert de rock, les parets dels icebergs s'enfonsaran com els murs de Jericó. A la nostra cabina, només s'hi sent el cant suau de la Paulina (al contrari que molts dels seus compatriotes, ella no està enganxada al que surt dels llavis dels presentadors de *talk-shows*), barreja melodies dels setanta amb cançons populars filipines, amb el seu cant em va captivar la darrera nit del meu primer viatge, abans ni m'hi havia fixat, la seva cortesia discreta s'havia unit a l'amabilitat confeccionada de tots els altres filipins, en el concert de comiat —els passatgers fan el favor a la tripulació de deixar que els diverteixin— es va com transformar en una cantant plena d'aplom, energia concentrada sota la llum del focus, les cames encreuades, atreia les nostàlgies, la sabata se li balancejava a la punta del peu dret, penjant d'un llaç platejat, i es gronxava, mentre ella cantava melodies de sempre acompanyada d'un puntejat de guitarra, amb una intensitat que va tirar una cortina entre nosaltres dos i el món, la meva fantasia febril em va cohibir quan ens vam trobar més tard cara a cara a la festa de la cantina, segur que va notar que la mirava amb uns altres ulls, el meu desig barrejat amb una mesura d'inseguretat, i tot ben sacsejat, la meva llengua el millor enemic, i tot i així, al cap d'unes hores jeia al meu costat, com ara, amb el cap sobre la meva espatlla i una mà sobre el meu pit, i com tants dies a alta mar quan se'ns permet tenir una estona lliure, em demana que li llegeixi alguna cosa. Accedeixo de gust a la petició, la sento com un gest de confiança, li llegeixo un fragment dels informes dels anomenats descobridors, perquè ella participa fascinada del patiment dels pioners, mentre que jo, enrabiat, sóc incapaç de veure-hi res més que la cobdícia amb què aquells trepes intentaven posseir l'Antàrtida, com si fos una verge que els haguessin concedit per a totes les nits després de la primera nit, i per això menyspreaven els competidors considerant-los uns rivals lladres, però alhora intentaven amagar el seu desig per no comprometre la seva fama de cavallers impecables. Això t'ho imagines, diu la Paulina després d'una pausa, que de tant en tant reclama per poder seguir bé la narració, perquè ho llegeixes com ho llegeixes, la teva ira s'infiltra a les seves paraules, però tu t'assembles a aquells homes, vols decidir sobre l'Antàrtida. Sí, dic amb veu enfurismada, jo no vull gent ni fuel a l'Antàrtida, però no la vull posseir, aquesta és la diferència, no vull que una part es digui com jo, vull que la deixin en pau, això és tot. La Paulina fa morros i arrufa el nas, *you're noisy, sometimes you're a noisy person,* no sembla gens fràgil quan em desafia d'aquella manera, em posa a ratlla amb frases senzilles que fan que les meves rèpliques semblin inflades fins a la desmesura, això encén encara més la meva ira, aquest no saber-me explicar, ni tan sols amb ella, el que percebo i temo i detesto es pot tocar amb les mans, la nostra depravació ben retribuïda, per què em costa tant explicar el que és evident a qui no ho vol veure? Observin la imatge, hi veuen una dona jove i maca o una dona vella i arrugada? I si hi han vist la dona vella i arrugada, hi podran percebre mai la dona jove i maca? M'aparto de la Paulina, jec arrogant amb la meva ràbia, com un elefant marí al toll, fins que em tranquil·litzo, la meva Paulina, li xiuxiuejo entristit, ets tan incomprensible com el món, i ella es posa radiant, segurament per allò de *my Paulina,* persisteix en el somriure, la mica de felicitat li durarà, ella és estalviadora amb les benediccions, a altres els cal una nova ració cada dia. No em puc imaginar que pogués arrelar una discussió entre nosaltres, en l'estretor de la nostra cabina, ella sap intuïtivament on em puc reconciliar, el primer cop va ocórrer inesperadament, em vaig espantar, la Paulina es va ficar la meva fúria a la boca i la va refredar, de manera que tots dos vam emmudir. Després li vaig acaronar la panxa i vaig dir: *This make you complete,* i ella va contestar: *You make me complete,* una frase que jo mai li hauria tolerat si el seu somriure no hagués arrencat el bull i hagués continuat bullint; mentre la seva panxa tremola, m'excita, la Paulina m'agafa el llibre de les mans, el deixa on jo llanço poc després la seva roba interior, li deixo passar qualsevol altra frase, i per no tornar a dir res equivocat, callo amb la llengua apassionada, les meves mans sobre els seus pits, fins i tot quan el balanceig del vaixell gairebé em fa caure, la meva llengua continua traçant cercles, pujant-li el desig perquè es conservi, la maror marca el ritme, i jo m'imagino que ella té un gust salat. Ens entendrem mai?, la pregunta derrapa pels meus pensaments, que ara gemeguen. Ella vol que estiguem així i prou, jo busco un alliberament en un silenci més sincer.

L'estiu abans que la meva glacera morís, vam empaquetar i desempaquetar les nostres coses. Les vacances havien acabat i a mi se m'havien acabat les ganes d'una vida casolana. Algunes parelles es queden prenyades per salvar la seva relació, nosaltres ens vam mudar. De Fürstenried a Solln, d'un pis a una casa unifamiliar. La Helene l'havia de buidar mentre jo supervisava a la muntanya durant uns dies els mesuraments dels meus estudiants. Era un grup molt viu de companys d'estudis que, cosa rara, s'encoratjaven i s'estimulaven mutualment; vaig tornar a casa de bon humor. Sense sospitar res dolent, em vaig trobar a les escales el jubilat escarransit del primer i la seva mirada gens amable, vaig obrir amb la clau i vaig donar un cop amb l'espatlla contra la fusta, la porta es va resistir, vaig haver-la d'empènyer amb tot el pes del cos per poder entrar al pis. Una dotzena de capses de mudança havien caigut contra la porta, algunes havien relliscat a terra, havien tombat les botes de goma, que ara estaven entre una estora aïllant i un barret mexicà estripat. La Helene ho havia tret tot i no havia llençat res, i havia desaparegut. Hi vaig entrar amb cautela, em vaig trobar enmig de restes de cabdells de llana i pòsters emmarcats que havia tret de les parets, ara tan nues com ho havien estat a la meva infantesa (abans que l'àvia ens llegués el seu bodegó), i el rebedor estava tan ple i desordenat com molts anys enrere la meva habitació a les vacances d'estiu, quan treia tots els jocs de les capses, distribuïa totes les peces, cartes, fitxes i daus a terra i jugava segons les meves pròpies regles, damunt de la moqueta, damunt de la taula, damunt del llit, a un joc que havia batejat «Olimpíada del Zeno» en honor de l'inventor, abans de començar a cridar cap al passadís: «Si us plau, no entreu a la meva habitació», la Helene ja hauria pogut enganxar una nota a la porta: «Si us plau, no entreu al pis». A l'entrada hi havia caixes obertes molt juntes, el contingut invisible sota papers rebregats de diari, els anoracs vells penjaven al penja-robes com les branques d'un salze ploraner, damunt de la tauleta s'amuntegaven tot de piles d'impresos de través, uns sobre els altres, i a sota, anys de revistes Burda (tot i que la Helene no cosia, guardava expressament els patrons, com a model per a projectes de vida diferents), la revista de dalt era de finals dels anys setanta, la maniquí de la portada duia la mateixa permanent formidable que la Helene d'aquella època, hi vaig donar un cop d'ull i la meva mirada va ensopegar amb una pàgina de la qual havien retallat un tros de la mida d'una postal. Pensava llençar totes aquelles revistes? Se separaria de la seva col·lecció de retalls, que guardava en una carpeta grossa, del seu catàleg de suposades necessitats, que obria en els moments de mal humor per examinar-hi regals estrafolaris, viatges fantàstics i productes *anti-aging*, amb els quals reajustava els objectius de la seva vida quan se li tornaven borrosos en la rutina, sempre tancava la carpeta amb un profund sospir, amb un sospir massa familiar de «podríem fer», fins que ens assaltava el sou de professor. El primer viatge fantàstic el vam superar plens de picades i amb l'estómac regirat, això és el que passa quan reserves una cosa barata, va dir la Helene (per evitar una discussió, em vaig empassar la pregunta de què havia sigut barat a les vacances més cares de la nostra vida), i a partir de llavors només va recopilar ofertes amb uns preus i una exclusivitat que excloïen qualsevol risc de decepció, ja no eren petits retalls, sinó catàlegs fets parcialment amb paper laminat, editats luxosament, com els volums de fotografies dels Alps que hi havia al costat de les revistes Burda, igual d'envellits que la nostàlgia que un dia els va carregar. La Helene només havia capgirat l'interior de la nostra vida, a totes les habitacions hi havia arques calaixeres prestatgeries armaris buits, i tots els objectes que encara no estaven empaquetats en capses s'amuntegaven formant una instal·lació d'inutilitats. Semblava que s'hagués dedicat a muntar una exposició del nostre fons, en aquest país, avui en dia tothom habita el seu propi museu. Alguns dels objectes, els havia oblidat: el ganivet elèctric, la màquina de tallar llesques de pa, la iogurtera, prou betum per llustrar una eternitat, incomptables ulleres de sol, cinturons, bosses de mà, mai m'havia fixat en quantes americanes s'havia comprat la Helene al llarg dels anys, perquè totes les ocasions especials exigien una americana nova, estaven totes esteses damunt del llit, tantes que s'hi alçava una petita muntanya, modelada com una tomba prehistòrica. Sobre la taula auxiliar del menjador hi havia exposada la col·lecció de ceràmica de Delft de l'àvia de la Helene (tradició és allò que s'hereta), unes quantes rajoles embolicades ja amb tovalloles. Damunt d'una butaca hi havia els blocs i els bolígrafs que m'havia endut de diversos hotels de conferències, damunt d'una de les cadires els meus mapes de senderisme (records ondulats de la més persistent de les nostres passions comunes), el terra de sota la taula cobert de factures que no s'havien llençat un cop acabada la garantia. Com hi havíem pogut arribar, un dormitori ple d'americanes, un bany ple de cremes refermants, una cuina plena de tàpers, una sala d'estar plena de pedres, petxines, gerros, gots de fires de Nadal i de festes de la verema, una col·lecció de tasses («record d'Oberammergau») al costat de safates mexicanes, i fins i tot un gall portuguès que m'havien encolomat, juntament amb la llegenda del pollastre rostit que havia començat a cantar sobre el plat d'un jutge per proclamar la innocència d'un condemnat; com havíem pogut arribar fins al punt que les nostres propietats ens fessin fora de casa? I encara faltava el soterrani, reprimit com un trauma, al soterrani hi havia, d'això me'n recordava, suports per a l'arbre de Nadal, boles, serrellet i pomes d'ornament, al soterrani hi havia enrotllades catifes teixides a casa, al soterrani hi havia emmagatzemades sabates de tres dècades, al soterrani hi havia guardats cassets i vídeos i arxivadors i programes de mà. Calia evitar el soterrani. No em podia asseure enlloc, totes les cadires estaven carregadíssimes de possessions nostres, la butaca gran estava abarrotada d'exemplars contrafets de pintures sobre seda, de macramé i de papiroflèxia. Em vaig asseure sobre la torre de catàlegs de les pinacoteques antiga, nova i d'art modern, que semblava prou estable, m'hi vaig asseure sense saber què havia de fer, no tocava de peus a terra, per primer cop a la vida vaig tenir por que m'enterressin viu. Quan va sonar el telèfon (només podia ser la Helene, per explicar-me perquè havia marxat tot d'una i quan pensava tornar), mirava un potet de conserva, amb una etiqueta on ella havia apuntat amb la seva lletra recargolada: «Melmelada de maduixa amb amaretto (1989)».

El capità no és un friki del control, però quan es fa càrrec d'alguna cosa, tot s'ha de fer com ell s'ho imagina, cosa gens fàcil de complir perquè ignora els detalls i parla poquíssim, com si a bord les paraules estiguessin racionades. És d'un poble prop de Friesoythe, això explica algunes coses, diuen els que coneixen el nord d'Alemanya, allà comencen l'única frase del dia ben d'hora i l'acaben al vespre, jo no puc jutjar-ho, només hi he estat un cop per feina, a Bremerhaven, i un cop en viatge privat, a Sankt Peter-Ording, el nord és per a mi l'estranger. Després d'haver superat il·lesos l'experiència d'una Alemanya dividida verticalment, per mi ja podríem dividir Alemanya seguint un grau de latitud al mig. No m'ho puc treure del cap, diu el capità després d'un «bon dia» remugat. I pronuncia «cap» com si fos una onomatopeia de mal humor.

—Es refereix al Dan Quentin?

—Em fa mala espina.

—Ho entenc.

—La naviliera n'està entusiasmada.

—El reclam de la fama.

—No el coneixem.

—Però sí el seu mànager...

—El treu de polleguera?

—És una manera de dir-ho. Potser es relaxa quan arribi el seu cap. Quan se'ns afegirà el Quentin?

—A l'illa del Rei Jordi, hi arribarà amb avió.

—Qui la vol fer grossa té poc temps,

dic amb veu exageradament nasal, però el capità és immune a la ironia. Sempre mira el seu interlocutor per damunt de les espatlles, cap a la llunyania, on sembla que l'esperin feines més urgents.

—Ha de rebre tota l'ajuda que li calgui.

—Per amor a l'art.

—I vostè, se'n sortirà?

—Espera complicacions?

—Hi ha molta gent implicada.

—Podem limitar el grup de participants.

—Vol un SOS tan gran com sigui possible.

—Sí, però llavors necessitarà els nostres passatgers.

—El SOS més gran de la història.

—Suposo que l'han informat de les restriccions, no?

—Farem els ulls grossos.

—Això farem?

—Si algú pregunta, tot plegat és un simulacre de seguretat.

—Els passatgers hi han d'estar d'acord.

—Això és feina seva.

—Demà els presentaré l'acció del senyor Quentin.

—De la resta, en parlarem nosaltres a part.

Quan la Helene se'n va anar, després que la mudança a la casa de Sollr resultés un fracàs de teràpia de parella, les fotografies de la paret es van cobrir de reminiscències estranyes. Quan les contemplava, em feia l'efecte que guaitava per la finestra i veia una vida qualsevol que es conservava a l'edifici del davant. Les vaig despenjar una rere l'altra, mentre em bevia el vi negre que ens havia deixat en herència el pare de la Helene. El bon home havia acumulat delícies que un dia llunyà ajudarien el seu gendre a recuperar-se de la separació de la seva filla. Hi van quedar marques a la paret, unes marques desconcertants. Per què tot el que fem deixa un senyal (han de passar cent anys perquè una petjada desaparegui a l'Antàrtida), per què no planem per l'instant sense deixar rastre, com els ocells per l'aire? No volia pintar res de blanc un altre cop, no se sabia quant de temps continuaria contemplant totes aquelles parets. Vaig comprar un quadern de dibuix i aquarel·les al centre de la ciutat. Vaig començar a pintar les lletres de l'alfabet per separat en fulls DIN-A3, després de meditar llargament quin color havia de fer servir en cada cas. Amb la A vaig optar per un groc, enfosquit com un riesling amb anys. Per compensar-ho, la Z va rebre un vermell de pinot noir, la O va quedar d'un gris tan suau que només la veies si t'acostaves molt al full. Cada dia pintava una lletra. I quan tot just s'havia assecat la pintura, les clavava a la paret amb xinxetes. Quan l'alfabet sencer adornava les meves parets, em vaig sentir millor en aquella casa, de la qual mai en diria «casa meva». Les lletres em van permetre pensar en un nou començament, les lletres, deixades de la mà de Déu, em van incitar a llegir. A Ladakh m'havien parlat d'un home que es limitava a un sol llibre. Qui el volia escoltar el trobava dos cops la setmana a casa d'un comerciant de fusta de sàndal, prop de l'Indus, una casa de fusta sobre un sòcol de pedra, on llegia una sola estrofa d'aquell únic llibre, seguida d'una caminada pels matisos del seu significat. Em va venir de gust adoptar aquell procediment. Vaig treure de la prestatgeria un llibre qualsevol de la filera, organitzada expressament a l'antiga, que està dedicada als pensadors clàssics. Vaig començar a llegir-lo, ratlla a ratlla, paràgraf a paràgraf, igual de concentrat que el mestre de Ladakh, vaig fer tres glops i el vaig deixar de banda, vaig estirar les cames, i després de tornar vaig anotar el que recordava de la lectura. A poc a poc, la imprecisió es va vaporitzar, les existències de vi negre van declinar, i jo vaig continuar fent glopets fins que em vaig saber el llibre de memòria. Van passar vint anys, asseguraven els meus informadors de Ladakh, fins que el dejunador de paraules va travessar sencer l'únic llibre amb els seus deixebles, i va tornar al principi acompanyat de nous deixebles. Malgrat tot el meu respecte per aquest procediment, hi havia una cosa que em molestava, una cosa que no em convencia. Com pot ser sagrat un llibre que no reescrius tu mateix? És possible que dues persones pensin el mateix quan diuen «déu» o parlen de l'amor? Al principi hi havia subratllat algunes paraules o frases, dues vegades, tres vegades, les havia encerclat, encapsulat, havia utilitzat l'interlineat per afegir-hi coses, fins que em vaig adonar que no hi havia cap motiu per renunciar a les notes marginals. No vaig deixar el llibre fins que no va estar tot guixat. Llavors em vaig comprar aquest quadern amb tapes de cuir. Vaig rebutjar l'oferiment del venedor de gravar-hi el meu nom a sobre.

I al final d'un llarg dia a alta mar, quan la foscor ho ennegreix tot, les estrelles s'esgoten, el vent expira, el nostre vaixell avança cap a la darrera plenitud. Al món ja només queda una terra nullius, i nosaltres ens hi acostem, i «Vèiem, de nit, la boira blanca», la parla es replega davant la meravella, el silenci ens espera darrere la calima «i el clar de lluna blanc».

5

Truqueu-nos, els tres primers que ens truquin rebran una mamada, no sóc un baliga-balaga, això és evident, Charly, no comencis sense mi, oh, gavina voladora, arc sempre armat, o fluix o trencat, tampoc teniu res per regalar, Charly, espera, no és només teva, saquegeu-ne mentre n'hi hagi. Les investigacions s'han d'iniciar immediatament, hi has de tornar ara mateix, menja alguna cosa mentre omplen el dipòsit de l'aparell, això no és una sessió fotogràfica, és una emergència. Voltges vora el mar, això és el que passa quan s'ajornen les reformes, han tallat el carrer per obres, si ens fa el favor d'agafar el desviament, els petroliers naveguen per alta mar fins que es trenquen, si la barqueta es tomba, mireu-vos aquestes cames, on hi ha ciutadans, no hi falten banksters,un s'eslloma durant trenta anys, estalvia fins a l'últim cèntim, no va mai de vacances, i llavors això, lmao, no entén el que hi ha en joc? Una emergència amb implicacions internacionals, tots els vaixells del voltant, es tracta de l'URD, el WERDAN-DI i l'SKULD, s'acosten a l'estret de Gerlache, a rescatar els passatgers, hem d'estar preparats per a qualsevol cosa. Vol que li digui quin és el problema amb els indígenes, els hem de contagiar la nostra cobdícia o mai hi haurà pau entre ells i nosaltres, quan ens crèiem fora de perill, teníem massa pes. El primer vaixell hi hauria d'arribar d'aquí unes dues hores, el capità de l'URD s'ha fet càrrec del comandament, no existeix una aigua més freda. Nena no tinguis por, d'això se n'hauria d'apropiar, amb la situació meteorològica no s'hi pot comptar, tampoc amb el clima empresarial, alça la corda, cada 36 hores es produeix una depressió, enlaire, en un sol dia vivim les quatre estacions, i canta una cançó BREAKING NEWS ESPERANÇA PER ALS SUPERVIVENTS BREAKING NEWS ESPERANÇA PER ALS SUPERVIVENTS mai més

VI

S 54°16'8" O 36°30'5"

Fa un dia en què els núvols es podrien confondre amb munta-
nyes. Al mig de l'oceà s'alcen uns Alps. Quan les faldes dels
núvols s'esquincen, s'hi veuen glaceres i roques; a sota, pas-
tures on els rens s'acarnissen d'ençà que els van introduir els
noruecs, que els enyoraven. Els arbres mai hi han arrelat. El
mar verdeja a la cala, ple d'oxigen i krill. La gènesi hi apareix
amb una estranya claredat, com si a la nit ens haguessin tret
a tots la cataracta. Arribem a Grytviken, una antiga estació
balenera, abandonada d'un dia a l'altre, així s'ensorri i es po-
dreixi. Els passatgers volten des del cementiri a l'escorxador
al toll, on es rebolquen els elefants marins, que no mostren
cap emoció tret de badallar. El nostre atracador no és gaire
lluny del cementiri, que ofereix un petit però selecte assor-
tit del que allà ha passat, els rètols, de pedra blanca; els dies
relaxats hi homenatgem sir Ernest Shackleton amb xampany
del capità. Els tancs de dièsel estan tan ben ordenats en fila
com les tombes, s'hi bullien moltes coses, en aquesta «cala
de l'olla». Els homes esquarteraven balenes a la fàbrica, el
temps esquartera les fàbriques. El silenci pesa damunt les pa-

rets, que s'ensorren, els paràsits australs volen per altres llocs. Darrere de l'esquelet d'un magatzem hi ha la Beate, gesticulant amb una vehemència poc habitual, el vent li fueteja els cabells, les grenyes fugen cap endavant. Les bótes d'oli de peix encara desprenen pudor, i em sembla que costa respirar enmig de la fàbrica de matança que s'està oxidant. Algunes teulades s'inclinen tortes entre els núvols i el terra metàl·lic, unes plaques vermelles assenyalen una àrea contaminada d'amiant. Davant d'on bullien els ossos, tres siluetes agafen fort una cadena de ferro amb les mans, i es tiren enrere com si juguessin a estirar la corda contra baleners morts de fa temps, damunt meu cauen flocs de rialletes, als filipins els agrada jugar a fet i amagar en aquestes ruïnes. Com volen que em miri amb distància aquest lloc d'especejament que ha significat la mort? Les muntanyes nevades són una escenografia llunyana, indiferent. Els óssos marins s'amaguen molt bé a la sorra de color marró fosc, s'ha de vigilar per no trepitjar-ne cap sense voler. Els més joves corren cap a l'aigua, es dobleguen en capbussar-s'hi, s'espolsen tan bon punt tornen a avançar arrossegant-se per terra ferma. Entre àncores i hèlices de vaixells (despreses d'allò a què estaven destinades, ara només serveixen de desferres marines grotesques a la platja) fan guàrdia uns quants pingüins de corona blanca, mirades burletes per darrere d'uns becs vermells. Al moll, fa dècades que hi està escorat l'ALBATROS, amb els canons dels arpons apuntant ara a terra.

—Hola, vaja, aquí tenim el nostre cap d'expedició, quin lloc més interessant, oi? Com vostè diu, aquí es van conèixer l'home i l'Antàrtida, una mica brut, això sí, s'hauria d'arreglar. Sap per què era aquest edifici?

—A l'altra banda, al camí principal, hi ha cartells amb informació detallada.

—No voldrà que tornem a passar per tot el fang ara que l'hem trobat a vostè, senyor Zeno, oi que no?

—Això era la factoria, senyora Morgenthau. Primer esquarteraven les balenes, aquí, just on som ara; després, a la sala de cocció, n'extreien l'oli del greix en unes calderes gegants.

—Havia de ser una feina molt dura.

—Una feina rendible. Uns rèdits elevats. En un bon any, s'hi bullien fins a quaranta mil balenes.

M'acomiado educadament per no haver d'explicar que al principi els llevaven la pell als óssos marins, fins que es van acabar, després van matar elefants marins per obtenir-ne oli, i els forns es feien anar amb pingüins per falta de combustible, i quan els elefants marins es van acabar, hi van coure els pingüins per fer-ne oli. S'aprofitava tot: els homes enèrgics i dinàmics sempre aconsegueixen mostrar a la natura el seu tracte, inútil i malbaratador, amb els propis recursos. Travesso lentament el camp de futbol, lleugerament costerut. Les porteries tortes són una visió reconfortant. Sacrificar animals al matí, jugar a futbol en aquest camp a la tarda. Li feien pudor les mans al porter, hi havia esquitxades de sang a les cames dels davanters? Tu sempre tan negatiu, sento criticar els altres, ens esguerres el bon humor. Deixa-ho estar. En aquest to parlen al meu voltant tot el dia, no t'ho prenguis tan a pit, no filis tan prim, fes els ulls grossos, no és tan greu, no n'hi ha per a tant, tots tenen carregat el mateix software de treure importància a les coses, preparats per arraulir-se si hi ha tempesta. Quina frase hauria tingut la gent als seus llavis alegres si per la Pasqua Granada, quan l'estiu ja havia instaurat el seu domini, els haguessin ingressat a l'hospital amb un dolor persistent al pit, per passar una setmana d'exàmens mèdics? Les agulles em perforaven el cos, com si s'hagués de buscar el dolor al fons de tot, dies esperant l'operació a vida o mort, tres mesos de convalescència, i després de rebre l'alta, segons el diagnòstic (gairebé) recuperat del tot, vaig deixar la bossa a casa i em vaig afanyar a anar-me'n a la meva glacera, amb mirades d'incomprensió a l'esquena per part de la Helene.

Vaig seure en un compartiment amb desconeguts, i la seva visió em molestava. La dona del davant, ni una decepció més gran que jo, va deslligar amb cura el llaç d'una capsa de bombons, en va treure la tapa jaspiada i la va deixar amb cautela al seient lliure de l'esquerra, va col·locar els dits com la cullera d'una grua sobre el bombó triat i el va treure de la capsa amb una precisió clínica. El bombó va desaparèixer ràpidament entre els seus llavis de color lila pàl·lid, i el va mastegar gairebé imperceptiblement mentre tancava la capsa i hi tornava a lligar el llaç, només per tornar-lo a desfer al cap d'uns minuts i repetir el mateix procediment pedant; després d'agafar un bombó, la capsa semblava tan intacta com si encara fos per regalar. Si aquella dona havia d'anar fins a Kufstein, o ni que fos a Klagenfurt, hi arribaria amb una capsa lligada amb molta elegància i sense cap contingut. L'home de la finestra protestava amb un diari obert contra el paisatge que gallejava, primer el BILD, després el KRONE. Li donava un aspecte benestant al dia calorós de finals d'estiu, era un ciutadà a punt de saltar a primera classe, unes lleugeres marques delataven que els adhesius propis del turisme organitzat havien estat arrencats de la seva maleta, potser disposava d'assessorament sobre el bon gust d'ençà que els hi havia enganxat. Estudiava els fulls per davant i per darrere, es consagrava al següent amb el mateix fervor. Aquest respecte pels grans titulars i els anuncis raquítics m'irritava. Vaig haver de sortir una estona del compartiment. A Salzburg van pujar tres noies amb cara de novel·les. Semblava que no s'adonessin de la nostra presència, la dels arrelats. La dona es va permetre un altre bombó, l'home continuava abstret en el KRONE, les tres noies es divertien amb xafarderies de l'escola; quan el tren es va aturar a camp obert, vaig tenir por de quedar-me immobilitzat al compartiment, les vistes vedades pel KRONE, res per menjar tret de l'últim bombó, la buidor del jovent a l'orella, i mai més arribaria a la meva glacera. El tren va arrencar de nou i em vaig tranquil·litzar una mica, no sabia que el pitjor encara havia d'arribar. L'amo de l'alberg Zum Kogl em va venir a buscar perquè no hagués d'esperar l'autobús en el meu delicat estat, un gos panteixava a la caixa de la camioneta sobre una catifa de llana, ja li dic ara, no li agradarà, la cosa ha avançat, no li agradarà, les corbes no acabaven mai, un paisatge pelat a les dues bandes, sense neu ni gel els Alps són d'una lletjor aspra, com m'alegra que ja torni a estar bé, hem resat per vostè, tota la família, l'home té set filles, o potser són vuit, en tot cas només té filles, resar no se li fa estrany. M'acabava de distreure amb un ciclista que baixava vertiginosament quan el cotxe va tombar a l'esquerra, les rodes van grinyolar sobre la grava, vaig mirar endavant pel parabrises, i davant meu... no hi havia res. Cap glacera. Cap glacera viva. Només fragments, membres separats, com si una bomba li hagués esquinçat el cos. El cingle encara estava cobert de gel, però més avall, davant nostre, només hi havia trossos de gel enfosquit, disseminats pel pendent com si fossin runa que espera que se l'enduguin. Tota vida s'havia fos. Ja l'hi he dit, això l'afectarà molt, no fa de bon veure. La veu de l'hostaler s'evapora en el meu record, i jo, això m'ho va explicar al vespre davant d'una cervesa i un plat de vedella, jo vaig baixar del cotxe sense dir res, desorientat com un borratxo o un cec, i ell, això em va dir al vespre, va pensar en l'època de la pesta, quan els pagesos s'havien acomiadat del bestiar que s'havia de sacrificar. Jo no vaig ser capaç de res semblant, els meus pensaments i sentiments paralitzats. Em vaig agenollar al costat d'una de les restes, sota la carbonissa, sota la superfície ennegrida de sutge hi havia gel pur, vaig passar els dits per damunt de la fredor, després me'ls vaig passar per la cara, de la manera habitual, la meva salutació ritual, abans me'n podia servir a mans plenes, a la neu verge, amb unes mans que se'm posaven tan fredes que em reanimaven la cara. Em vaig llepar l'índex, no tenia gust de res. Llavors em va sobtar el primer pensament irrellevant: mai més podria omplir una ampolla d'aigua Adelholzener amb aigua de la glacera per assaborir-la després a casa. Li vaig donar a entendre a l'hostaler, que s'havia quedat al costat de la camioneta, amb gestos categòrics que em deixés sol. Vaig jeure damunt la grava. Hi jeia recargolat, un pilonet de misèria, qualsevol sensació que no m'aclaparés com un diagnòstic positiu hauria sigut benvinguda. Em vaig quedar en aquella postura, sense saber què podia fer, fins que un excursionista em va posar la mà a l'espatlla per preguntar-me si em trobava bé. El vaig increpar.

—D'excursió, per aquí?

—Una regió preciosa, oi, i quin dia més bo de finals d'estiu.

—Que no ho veu?

—Sí, bé, poca neu enguany.

—Aquesta glacera està morta, i vostè s'hi passeja per davant tan content. Marxi, foti el camp. Em fa fàstic.

L'home no es va dignar ni a mirar-me, i va continuar la seva excursió. Allò no era una pèrdua massiva, allò era un extermini en massa. Hauria sigut absurd calcular la fusió al setembre, elaborar-ne el balanç de l'estiu. En aquella muntanya ja no hi havia res per mesurar. No sé quan em vaig aixecar i me'n vaig anar, muntanya amunt, sense rumb. Sobre el terreny més escarpat, a l'ombra d'una pedra grossa com una màquina d'escriure, havia sobreviscut una punta de gel a manera de suport provisional. Vaig treure el quadern. El vent el va fullejar. Amb tot el que havíem mesurat i pesat, quants balanços no havíem fet, quants models, quantes advertències formatades científicament. De bones intencions, les pàgines de la inutilitat n'estan plenes, s'han d'estripar, totes i cadascuna, els nostres mètodes han fracassat. Ho havíem avisat, inútilment, havia empitjorat any rere any. La nostra època compleix amb tenacitat les profecies de Cassandra, fins i tot els optimistes demanen la paraula amb males astrugàncies. Malgrat tot, jo no havia previst una destrucció com aquella, ni quan va desaparèixer la porta de la glacera (jo en vaig fer cinquanta), ni quan la llengua es va estripar en una allau i es va fondre ràpidament (jo en vaig fer seixanta), i ara aquesta agressió des de l'angle mort del nostre optimisme calculat. Si fins i tot els experts es sorprenen de la velocitat de l'ocàs, qui, amb un criteri que encara tingui pes, pot intervenir-hi ara, quan tothom escolta la veu cabrona de la comoditat? La meva feina havia consistit a documentar les nostres faltes: el confessor com a científic arrogant. Vaig donar cops de puny sobre la taula de glacera, amb el dolor vaig recordar les noies del tren, aquelles tres noies que mastegaven el xiclet de la vida, a les quals normalment se les considera innocents. Quin valor té una innocència així, si sabem que es tornaran culpables, és el que les espera i ens espera; elles continuaran aquesta devastació, seguiran destruint els nostres mitjans de subsistència. Els la bufa tot, com a la majoria de nosaltres, no descansaran fins que no ho hagin consumit emmerdat malgastat extingit tot. L'endemà me'n vaig anar. A la vall veïna havien tapat les superfícies de gel que quedaven amb mortalles, amb jute blanc, sota el qual agonitzava una glacera demacrada. Em vaig sentir com un metge en un hospital de terminals.

En dèiem «nedar». Nedar al riu de gel. Quan ens atrevíem a anar als pous, als torrents de glaç, per fer-los servir de pista de trineus, ens arrossegàvem pel túnel, confiàvem en les sinuositats com si la glacera tingués l'obligació de protegir-nos, relliscàvem de cul per conductes del blau més pur. Era perillós, moderadament perillós, abans havíem comprovat quin resultat ens esperava, tot i que a vegades calculàvem malament l'acceleració i sortíem disparats del torrent com bales de canó i se sentia retronar avall, de manera que fins i tot el que s'espolsava el mal del cul havia de riure pels comentaris acústics de la glacera. Sí, recopilàvem racons blaus, apreníem a conèixer la glacera, ficàvem el nas a totes les esquerdes, ens crèiem que sentíem com el gegant de glaç desprenia a la vall la seva pròpia aigua, i admiràvem l'esplendor de tonalitats d'aquell univers aparentment monocrom. Agusàvem la vista (no només amb el microscopi petrogràfic) pel seu acoloriment delicat, la varietat de colors de la plana ens semblava tronada en comparació. On el glaç era dur com l'alabastre, hi trobàvem grutes blaves, on entràvem pensant que no les tornaríem a trobar en la propera visita. Després, els nostres camins es separaven, uns s'afanyaven per anar a la ciutat, uns altres tornaven a la vall, al final jo era l'únic que anava i tornava entre la glacera i la universitat, m'abandonava durant uns dies solitaris al silenci del gel, al soroll de l'aigua, em convertia en una pedra que piconava la seva empremta al gel, i un dia em va sorprendre el desig de resar en una de les capelles blaves efímeres, no a Déu (només la paraula és ja impossible, tan semblant a un número), sinó a la varietat i a l'abundor (escrit sembla encarcarat, no n'hi ha prou substituint «Déu» per «Gaia»). Tot sol, buscava coneixement en el blau més clar i més fred, omplia les grutes glacials amb les meves pròpies versions de l'eternitat, igual que abans els monjos omplien amb dibuixos les seves coves de roca. Per què no en tenien prou amb la superfície de pedra com a representació del que és diví, amb les erosions, amb les taques d'humitat? *Deum verum de Deo vero*, pot viure la veritat en una frase com aquesta? A la meva cambra blava, a la panxa de la meva balena glaçada, Déu s'alliberava de les paraules supèrflues.

El Jeremy és baixet, però porta unes ulleres que fan que se'l reconegui tothora a tot arreu, unes ulleres robades d'algun còmic californià, a través de les quals totes les expedicions al pol es tenyeixen d'història èpica, sobretot la de Shackleton, a qui el Jeremy venera més que a cap altre, pot donar la seva conferència sobre Shackleton sis cops cada temporada, i cada cop sembla més viva i original que l'anterior. Els conferenciants que no estan ocupats es posen al costat de la porta de l'auditori i escolten almenys uns minuts com el Jeremy eleva sir Ernest Shackleton a la categoria d'heroi prometeu (l'inclouria a la galeria d'avantpassats dels profetes si busqués exemples espirituals). El Jeremy ha observat que prenc notes, no amago el quadern de tapes dures perquè és impossible guardar secrets a bord, si algú s'ho creu, ja s'ho trobarà, a bord tot és visible, i audible tot el que s'ha vist. El Jeremy m'ha posat un full de paper escrit a mà sota el plat, i el llegeixo després dels entrants i abans de les postres: «Ja que tu també has començat a escriure, hauries de tenir en compte que a l'escriptor nord-americà Nathaniel Hawthorne no li van permetre acompanyar l'expedició de l'oficial de la marina Charles Wilkes a l'Antàrtida perquè "l'estil amb què escriu aquest cavaller és massa ampul·lós i florit per transmetre una impressió veritable i raonable de l'ambient a l'expedició. A més, un home amb tant de talent i tan distingit com l'esmentat Mr Hawthorne mai comprendrà la importància nacional i militar d'alguns descobriments". Això ho va argumentar un congressista americà de l'època. He recollit aquest tresor al llarg de les meves conferències. T'hauries de sentir un privilegiat perquè a tu, que tampoc vols entendre la importància nacional i militar de l'Antàrtida, se't permeti el que se li va negar al teu col·lega, evita l'ampul·lositat i les floritures i recorda les privacions de Shackleton». Quan vaig alçar la vista, em vaig adonar que el Jeremy m'apuntava un altre cop amb la seva càmera de vídeo, i em vaig posar el full escrit davant del pit com si fos la víctima d'un segrest, i vaig pronunciar, circumspecte, el jurament de Shackleton, acabat d'inventar, de respectar la paraula nua. El Jeremy va somriure satisfet i va enfocar el mar a través del vidre. Te l'hauries endut a qualsevol expedició perquè difonia bon humor, fins i tot quan estava pensatiu. Això és un talent insòlit. S'hi havia de referir tant sí com no, a Shackleton, tots nosaltres ens identificàvem amb Shackleton (excepte El Albatros, que no podia pair que Shackleton hagués planejat vendre pollets d'albatros als sibarites de Londres i Nova York, ja que en l'infortuni havien resultat boníssims), és el bon home de l'Antàrtida, el seu vaixell, l'ENDURANCE, representat a l'ascensor rodejat pel gel, el seu retrat a la paret de l'entrada del restaurant, podria ser perfectament un membre del nostre grup, s'hauria entès amb nosaltres, desconfiava de les jerarquies rígides, apostava per la solidaritat en lloc de per la subordinació inamovible. I, sobretot, va ser l'únic explorador del pol que va viatjar al sud més profund per morir-hi. Es devia imaginar tan poc els dies amb temperatures moderades com una tomba en un terra desglaçat.

El capità avança a tota màquina, hem perdut una mica de temps a Grytviken, el HANSEN solca les ones, res als costats, com si fóssim el primer vaixell que travessa aquest mar. A menys de tres hores de distància de Geòrgia del Sud veiem balenes, són molt a prop. La Beate s'emociona, conté l'alè quan els rorquals es capbussen i respira amb ells quan tornen a pujar a la superfície. El seu entusiasme es manté intacte malgrat les desenes de càmeres del seu voltant, que fan clics com fuetades, les has vist, li crida al Jeremy, que s'obre pas entre l'espessor de guaites, i el Jeremy contesta, *oh yes, oh yes, and we're clicking into place.*

6

Ja l'espavilaré jo, al pas del vent, quina coreografia més es-
bojarrada, mar enfora. En total són uns 220 passatgers, an-
glesos, alemanys, nord-americans, holandesos, suïssos. Oh,
doncs s'ha perdut, això és en una altra banda, es deu haver
equivocat a la cruïlla gran, ara haurà de tornar a recular tot el
camí. Noruecs, brasilers, canadencs, neozelandesos, austrí-
acs. En sabem prou, ho entenem poc, agonia, ni la més remo-
ta idea, si t'escorres a la boca val el doble, allà imperen unes
condicions increïblement extremes, neven pornflakes, tre-
ballem per cavar una tomba al seu futur. Parli, Foxtrott dos.
Canvi. Hi veig gent, desenes de persones en grupets. Canvi.
Intenten comunicar-se? Canvi. Sí, hi ha qui agita els braços.
Canvi. En quin estat es troben? Canvi. No ho puc jutjar. Canvi.
Algun senyal de pànic? Canvi. Cap. Una part estan molt junts,
em sembla que han format una cadena. Canvi. No, les vaques
no són sagrades, no, les ovelles, les cabres i els bous no són
sagrats, i tampoc els animals salvatges, els ocells del cel i els
peixos del mar, no, els porcs no són sagrats, no, les gallines
no són sagrades, ni tan sols els bens. Foxtrott dos, continuï si
us plau. Canvi. Han format un cercle. Canvi. Un cercle? Canvi.
Com ara un zero molt gros. Canvi. Faci unes quantes passa-

des més, això tranquil·litzarà la gent, voli tan baix com pugui. Canvi. D'acord. Canvi i fora. El experts contradiuen aquest pronòstic, la cotització del liti s'ha fixat avui de manera puntual, cauen tords morts del cel, vas voltant fins a arribar a la platja assolellada. Envii"ns per mail la llista de passatgers, cal afegir-hi 78 membres de la tripulació, hem de saber tot el possible sobre els conferenciants que hi ha a bord, buscarem tots els desapareguts BREAKING NEWS OPERACIÓ DE SALVAMENT ENGEGADA BREAKING NEWS OPERACIÓ DE SALVAMENT ENGEGADA tota la resta queda fora

VII

.

S 60°11'5" O 50°30'2"

Quan em desperto d'hora, faig les meves seixanta voltes a la
coberta exterior, a passes ràpides, a la llum grisenca endormis-
cada. Al meu entorn, l'aigua gira al voltant de l'Antàrtida,
l'oceà i un home despert fan les seves voltes, en el sentit de
les agulles del rellotge, igual que el Hölbl i jo, anys i panys
enrere, als temples de Ladakh, de matinada, abans no comen-
cés la jornada laboral, rodejàvem el santuari, no per congra-
ciar-nos amb els autòctons, com alguns ens retreien, sempre
disposats a rebutjar qualsevol ampliació d'horitzons com si
fossin afalacs als desconeguts, sinó perquè ens convencia la
idea. El Hölbl li deia «Mestre Boltzmann» al lama ancià, i
aquest s'alegrava moltíssim del tractament perquè, en el so
inusual de les paraules, hi intuïa una distinció, i no s'equivo-
cava. L'aigua gemega, les onades només pugen uns metres,
la nostra travessia és tranquil·la, el pas de Drake acostuma a
ser bo per a una tempesta, que cal superar abans d'entrar a la
pau paradisíaca de la terra nullius, a l'ull de l'huracà, giro amb
el corrent circumpolar, que cada instant arremolina cent-cin-
quanta milions de tones d'aigua, els ocells llisquen pel cre-

puscle, tallen l'aire fred amb ales afilades, dos moviments en cercle formen un vuit horitzontal, uns petrells blancs s'enlairen traçant arcs abruptes, uns petrells negres cauen en picat com decisions ràpides, desapareixen a les menjadores entre les onades, darrere de les crestes refulgents, i jo continuo voltant, amb cada pas el vaixell cau en l'oblit sota els meus peus, en tinc prou amb aquesta dansa solitària en rotllana d'oblidar-se d'un mateix, no m'hi arrenca ni l'obligació d'haver de donar una altra conferència aviat, d'haver de fer un últim retoc als avisos sobre les pròximes perpetracions a terra. Com cada vespre, ahir vaig seure a les 19.30 h davant la ràdio i vaig acordar els nostres plans amb els dels altres caps d'expedició. Algunes veus les vaig reconèixer de seguida, més d'una duia el seu origen inconfusible i feixuc a la llengua (és normal, diu la Beate, els cants de les balenes també presenten diferències regionals, dialectes submarins). En aquest moment hi ha vuit vaixells a la zona de la península antàrtica, ens repartim els llocs per atracar, que fa mesos que estan reservats, però fem tractes entre nosaltres, intercanvis, ens ajudem a compensar les fallades degudes al temps atmosfèric. I ens evitem, no volem que la il·lusió d'estar sols a l'Antàrtida, aïllats a la fi del món, lluny del tràfic regulat, es destrueixi per la visió d'un altre vaixell.

De fet, a l'Institut tothom tenia clar que no em dedicaria a cap altre objecte d'investigació (en aquest concepte, jo hi associo una ungla que creix cap endins). No a la meva edat, quan els pèls de la barba ja creixien a l'encontre de la jubilació. Ja no suportava els Alps; a més, què hi hauria guanyat d'acompanyar una altra glacera a la mort. Continuar fent classes com si res em va semblar tan grotesc com donar classes a veterinaris especialitzats en dinosaures. No, m'havia d'acomiadar, no hi havia alternativa. Dos col·legues em van oferir que els acompanyés al Caucas. No volien que em retirés, segurament per la més sentimental de totes les raons, el costum. Podries cuinar per a nosaltres al camp base, bromejaven. Se'm considerava un bon cuiner, només perquè cada any portava a la festa d'estiu una gran olla de sopa de peix jamaicana. La primera vegada, els vaig deixar bocabadats, ningú no s'esperava un plat com aquell (amb aquell nom, amb aquells ingredients, amb aquell gust) d'algú a qui els tròpics l'horroritzaven, que considerava el Carib un pou de suor i el marisc a peu de muntanya, una decadència amb escates. Mai hauria sabut res d'aquella sopa si un jamaicà criat a Anglaterra no s'hagués enamorat d'una dona de Munic. Es guanyava la vida fent de professor a l'escola d'adults, anglès de nivell avançat, parlàvem de les lletres de les cançons de Madness, llegíem fragments de *How to be an Alien,* de George Mikes, i al final del semestre vam fer una festa a casa seva, ens va reunir a la cuina, va treure la tapa d'una olla del diàmetre d'un roure amb l'entusiasme d'un director de circ, i en van sortir unes olors que podien donar peu a llegendes, a fantasies de migdies en barques amb cobertes de palla, d'immersions a fons plens de petxines. L'any següent vaig repetir curs, tot i que el meu anglès ja era prou bo, i no només per l'intens intercanvi amb els col·legues de la University of East Anglia i la Jawaharlal Nehru University, sinó per tenir el plaer de tastar aquella sopa una segona vegada i aconseguir informació sobre la recepta. No hi ha cap plat que pugui ser més esplèndid que aquella sopa de peix jamaicana, conté tota la riquesa del mar, els ingredients són difícils d'aconseguir (el mercat de Munic i les botigues de comestibles selectes Dallmayr i Käfer prestaven tots a l'una els serveis de subministrament), l'elaboració s'ha de planificar amb molta antelació i s'ha de començar el dia abans del banquet. Esperava il·lusionat durant setmanes el dia, un dia que picava a la meva porta amb una mà plena de tatuatges enigmàtics. Al Caucas no em trobaré en el meu element com a cuiner, vaig contestar als col·legues, i a més a més, ja no suporto veure glaceres vives. Això era mentida, ho sabien, jo estimava el glaç, encara, però la meva visió havia canviat, quan abans mirava una glacera, hi veia història i transformació, abundor i duració, ara em feien ganyotes, el gel que quedava s'havia convertit en un mirall de la nostra greu negligència. Mirés on mirés, m'era impossible restaurar l'anterior conformitat amb les coses. Em semblava que tot just ara començava a percebre'n l'essència. Darrere dels ampits i els estucats, només hi veia presons. A la zona de vianants, les persones que em creuava eren com maniquins d'aparador, arrossegades d'una banda a l'altra per sacsejades estocàstiques. No necessiteu ningú com jo a l'equip, vaig dir, i ningú va replicar. Això va ser l'any de la nostra darrera sopa de peix jamaicana.

A alta mar no et pots apartar fàcilment, els passadissos són rectes i estrets, el millor és quedar-se dret, amb l'esquena repenjada a la paret, amagant panxa i desplegant un somriure afectat, per davant del qual l'altre es podrà esmunyir fàcilment. A bord, a tothom se'l localitza ràpidament. Al cap d'uns dies se sap qui ha arrelat on, armat amb uns prismàtics, en un petit lloc triat que li bastarà al llarg de tot el viatge, una butaca a la cofa del Panorama Lounge, per exemple, on millor es pot trobar la tranquil·litat davant dels moguts, que canvien de posició cada quart d'hora, que surten a la coberta exterior, a la part d'estribord, a la part de babord, perquè tenen por de perdre's alguna cosa, que xuclen totes les vistes i s'afanyen a tornar a l'escalfor, a la següent conferència, a la següent pel·lícula, al cafè o el te de la tarda. I als que han pagat molt, els clients de les suites, no se'ls pot decebre de cap manera. A reclamar, diu l'Emma de recepció, en pots aprendre dels rics. Com a cap d'expedició sóc una peça de caça sense veda per als inquiets amb ganes de saber, el trajecte de la coberta 3 a la coberta 6 es converteix en un viacrucis de preguntes. M'estimo més seure a una de les taules per a dues persones que hi ha a la cafeteria, el mar Antàrtic a l'esquerra, cada dues tau-les, un puzle incomplet —fotos de postal, esbocinades en 500 peces que s'han de muntar, la imatge de la tapa davant dels ulls, i qui se'n surt pot muntar una altra imatge esbocinada en 1000 o 1500 peces; caldrà imaginar que els muntadors de puzles són persones felices—; davant meu, la Mary, que fa anar una gravadora i a més gargoteja dibuixos amb un llapis afilat en una llibreta de butxaca sense ratlles, i a la meva dreta, la Paulina, que amb una alegria dissimulada es fa la cambre-ra indiferent, repeteix concentrada la meva comanda, com si sentís per primer cop que prenc l'expresso doble amb molta llet escumosa, però només escuma, si us plau, per no ofegar en llet el gust del cafè, em recomana el pastís de xocolata, que detesto, i la Mary se'n demana també una ració per solida-ritat. Som al sud dels 60° de latitud, comento, i ara de debò a l'Antàrtida, a partir d'ara els vaixells no poden vessar ai-gua bruta, cosa que naturalment limita la durada de la nostra estada en aquesta latitud, un avantatge addicional d'aquesta regulació absurda, al cap i a la fi, ens trobem a l'únic mar que encara no ha embrutat l'home, i així ha de continuar. Només el quatre per cent, diu la Mary mentre pren un glop d'aigua, l'oceà Antàrtic només representa un quatre per cent de la su-perfície oceànica total. A l'exterior, una bandada de petrells clapejats flota sobre uns coixins d'aire invisibles. La Paulina serveix el cafè i el pastís, demostra eficiència professional i deixa anar una alenada de desimboltura. La Mary llegeix el seu nom a la placa que porta a la butxaca de la brusa i hi afe-geix les gràcies. La Paulina ho aprecia amb una sobredosi de somriure abans d'adreçar-se'm, *anything else, sir?* Jo contesto formalment, *that will be all, Paulina. Thank you.* Què creus que passaria si no existís el Tractat Antàrtic?, pregunta la Mary. Que hi hauria un debat públic sobre l'aprofitament de l'Antàrtida i un regateig entre bastidors. Els lobbies afirma-rien que l'extracció de petroli i les explotacions mineres són necessàries, es llançarien campanyes contra els pingüins amb el lema: ens han de faltar matèries primeres només perquè ells visquin bé? Els pingüins ja no sortirien drets a les fotos, sinó jaient, se'ls veuria grassos i maquiavèl·lics, com si demanessin a crits que els matessin. No hi ha cap garantia que això no passi, fins i tot prematurament, malgrat el Tractat, qui acatarà les obligacions voluntàries quan arribi el moment decisiu, si fins i tot els tractats vinculants s'apliquen poc? Hi hauria d'haver molta gent que fes pressió per evitar-ho, m'interromp la Mary, amb un entusiasme ingenu que fa mal i bé alhora. La meva cara revela el meu escepticisme. Que la disculpi pel comentari, que semblo molt abatut, potser és perquè em falta l'experiència d'una lluita conjunta, que això és encoratjador, que la perdoni, que ella no és qui per dir-ho. Sento nostàlgia de l'eufòria. Continuem xerrant, sobre el gel i sobre el món, fa preguntes que m'imposen respostes més enllà de la trivialitat prefabricada, i de sobte em sento admetent que a vegades m'avergonyeixo de treballar en aquest vaixell, sobretot perquè en aquest viatge tinc més responsabilitat com a cap d'expedició, als turistes se'ls hauria de derivar a un parc temàtic, a una càpsula mòbil de gel etern, que es pogués muntar a tot arreu, s'entra per davant, se surt per darrere, però jo no podria suportar una vida sense passar temporades al glaç, i ella em mira tan comprensiva que li revelo la meva teoria de la idiòcia tèrmica, segons la qual les persones pateixen una il·lusió, que els que es moren de fred viuen amb signes oposats, s'imaginen que fa calor i per això es treuen la roba, tot i que ja tenen el cos mig congelat; en canvi, apugem la calefacció encara que la calor sigui insuportable. Aquest fenomen, anomenat idiòcia del fred, apareix quan la temperatura corporal baixa a 32 graus centígrads. No sé a quina temperatura comença la idiòcia de la calor, fins ara només es pot assegurar científicament que una persona a l'estadi de la idiòcia del fred no està en condicions de salvar-se sola. La Mary sembla consternada, em defuig la mirada, no continua fent preguntes —considera estúpida o autocomplaent la meva teoria?—, mira a un costat, o potser l'he ofès? Proclames les teves veritats als quatre vents amb tanta brutalitat, em va esbroncar un dia la Helene en una discussió, que semblen ofenses. La Mary no reacciona a les meves paraules assossegadores, té la mirada paralitzada, dirigida a un punt de l'altra banda de la sala. El rostre immòbil, no pot ser per culpa meva, i costa d'imaginar que la visió de l'home baixet i rabassut que, còmodament escarxofat en una butaca, graponejant un llibre i mirant somiador enfora, hagi pogut acaparar fins a aquell punt la seva atenció. Mary, què passa? Una vermellor maculada se li ha estès per la cara pàl·lida. Aquell home, que hi fa, aquí, què hi busca? Abans no pugui fer-li una altra pregunta, la noia s'aixeca i se'n va. La llibreta i la gravadora queden sota la meva custòdia.

La meva tristesa es va convertir en una crosta de ràbia. El semestre encara no havia començat, era fàcil no trobar-se amb ningú. La Helene es llançava als braços de qualsevol invitació i passava fora de casa tant temps com podia, ens representava incansable a tots dos, fins i tot va anar sense mi a l'aniversari de xifra rodona de la seva mare, no sé si li va explicar una mentida sobre un regal conjunt. Quant temps devia passar fins que els meus coneguts van oblidar que fins feia poc la Helene anava amb parella? Als que creuen en l'estabilitat, els hauria de desesperar la velocitat amb què els individus s'ajunten en parella i les parelletes es descomponen en solters. Quan l'acabes de conèixer, l'altre és una fortalesa inexpugnable, tres cites més tard, amb el desig corresponent, després de fer manetes, després d'uns quants petons i una mica de sexe normalet, que les dues parts elogien, s'abaixen tots els ponts llevadissos. La mentida de l'amor etern ens posa a to per a la mentida de la vida eterna. Després costa d'explicar *what the fuss was about all*. Durant les primeres setmanes solitàries, ho vaig intentar amb mi mateix, vaig tirar les cortines, vaig abaixar la llum, em vaig asseure a terra i em vaig proposar no aixecar-me fins que no recordés mitja dotzena de satisfaccions sexuals. Havien de ser precises, més que un record vague d'una brisa que passava per damunt dels nostres cossos o que la seva pell tenia el tacte de la seda. No ho vaig aconseguir ni després d'hores d'excavacions biogràfiques. En lloc d'això, el meu cervell va reproduir rendiments esportius, tan vanitosament com els havia desat a la memòria: tres cops una nit (a l'alberg de les pistes d'esquí, quan anava a la universitat), dues hores sense parar (per guanyar una aposta quan la Helene va afirmar que jo no tenia prou resistència). Va arribar un moment en què em vaig haver d'aixecar i anar a comprar. Tots els coneguts que em trobava pel camí em preguntaven amb un interès carregós per la meva convalescència. Els vaig decebre a tots. En lloc de deixar-los participar de l'edificant història d'èxit, de com li havia pres la pala de les mans a la mort, els parlava d'una glacera destruïda, i això desconcertava la pobra gent, sacsejaven el cap quan marxaven, emetien el seu judici despectiu sobre mi abans de pujar al cotxe, conduïen per carrers rectes cap al seu garatge amb comandament a distància, i des d'allà amb l'ascensor, que lliscava silenciós, fins a la seva cripta empaperada. Em consideraven un desagraït, davant de Déu o del destí o del sistema sanitari. Ja torna a estar bé, encara és viu, em va alliçonar el verduler, que per un alè més de gust reclamava un dineral. És inquietant fins a quin punt el món encara es manté en ordre a Solln, amb quina determinació els benaventurats defensen el seu lloc idíl·lic amb tots els mitjans de la ceguesa. El veí em molestava amb les seves històries de malalties, com si ens deguéssim compassió mútua. Els mals similars no donen com a resultat un patiment comú. Tan bon punt ho vaig dir, em vaig alliberar de la seva simpatia. És una sort que alguns pesats s'ofenguin de seguida. Malauradament, la seva tendència a ensenyar les intimitats no era un cas únic, a tots els canals, a totes les freqüències s'elogiaven els mals crònics, com si una malaltia greu fos la conquesta individual més notable del nostre temps. Tu tens càncer, extraordinari, càncer de pròstata o càncer de pit o càncer de pulmó o càncer de fetge, tu tens úlceres, excepcional, el teu cos es mor, i ara, el devoren des de dins, admirable, les platges més radiants estan saturades de melanomes, aquesta deplorable obsessió per la pròpia existència insignificant, són la pesta, *bloody fucking hell*. Eh, això ho entenc, això d'aquí, la Paulina m'interromp contenta, *German is like English, no?* Quan em mira (com ara) mentre escric, es mostra entusiasmada amb les expressions que coneix, encara que siguin un renec groller. Ja no m'adono dels esquitxos en anglès, se m'escapen, a causa de les circumstàncies *(communication on board)*, gairebé només parlem anglès entre nosaltres, no acostuma a haver-hi gent de parla alemanya, el meu alemany s'anglesitza, *step by step*. Per evitar que em passi com al cap d'expedició del meu primer viatge, que potinejava l'alemany i l'anglès fins a fer-ne un galimaties, per assegurar-me la llengua pura i cristal·lina, murmuro a la coberta exterior, com si medités, poemes de la meva joventut, poemes que el catedràtic Pradel ens ensenyava a l'institut Frühling-Gymnasium, ens els apreníem de memòria com si res (jo fins i tot mentre tornava a casa de l'escola), sense sospitar que mai més ens abandonarien. Tinc més poemes presents que nits d'amor. «L'ahir que em fuig no el puc retenir, / l'avui m'estreny com una sabata de dona. / Els ocellets de pas ja despleguen tardorencs / les ales cap a la seva llar. / Pujo a la torre per obrir els braços ben oberts, / i omplo el meu calze tan sols de llàgrimes». Tradueix-m'ho, em demana la Paulina, com fa sovint quan veu una pàgina atapeïda de lletra escrita per mi. Si ho tradueixo a l'anglès, no tindrà gaire sentit, dic i enretiro la cadira; en canvi, si ho tradueixo a l'idioma paul·línic tots dos ho entendrem millor. Les meves mans l'han agafat dels canells, els meus llavis li acaricien el coll, ella recula, recula cap al llit. Totes les paraules tenen dos significats possibles, xiuxiuejo, un significat desmanyotat, la meva boca xucla, i un significat que sempre vol tenir la raó, la meva boca es passeja des d'un pit fins a l'altre a través del clot del mig, la punta de la meva llengua hi truca, m'agradaria entrar dins teu sense que te n'adonessis, dius les coses més impossibles, ja hi torna a ser, aquella rialla, el més encantador de l'homo sapiens, i jo dic: Sí, dir res més que «sí» hauria sigut xerrameca, la seva rialla es precipita en gemecs, ens enfonsem, unes bombolles d'aire pugen a la superfície de l'aigua, ens enfonsem, ja no es veuen els colors de la vida quotidiana, ens quedem al fons, com si poguéssim aguantar l'aire sense problemes. En emergir, escolto atentament amb una orella els sorolls més nous, que ella fa arremolinar com fulles seques aplegades per una ràfega de vent (és una pastura per a les orelles quan ella i l'Esmeralda buiden les caixes al matí per omplir les neveres. Se sent el xerricar de les seves boques, semblant al d'una màquina de cosir, els retalls copsats al vol es converteixen a l'instant en paletades dels colors de l'arc de Sant Martí mentre posen les ampolles dringant en posició horitzontal, i dringant les apilen). Al principi de la nostra relació em preocupava que embolicar-se amb mi, un home blanc vell, li costés l'estimació dels seus paisans, però va passar tot el contrari, en els creuers pel sud profund se'm considera clarament un bon partit. Descorro les cortines. El cap d'expedició mereix bones vistes, la Paulina estava acostumada a un son sense finestres; només els monitors són iguals a totes les cabines. Geòrgia del Sud ha desaparegut fa estona, «Va arribar la neu, la boira; / quin fred pel mar desert! / Més alt que el pal, el gel flotava», la Paulina afirma que l'alemany té un so bonic, no n'aprèn cap vocable, només n'atrapa paraules inútils —manyopla de bany, estrebada, guinyol (la possibilitat de reconeixement en boca seva es limitada)—, i les col·loca en les situacions menys oportunes. Sec a la vora del llit i em veig mig cos al mirall de la porta del lavabo. Els anys no han passat, se m'han arrugat dins la pell, se m'han dipositat als malucs, no hi cap motiu per suposar que la meitat no visible pugui mostrar alguna cosa més reconfortant, per què la Paulina ignora tots els motius que hi ha per no desitjar-me? S'inclina endavant, els seus llavis toquen el meu membre arrupit amb la lleugeresa d'una bufanda que et frega de passada.

La boira es desplega, no puja de l'aigua del mar, sinó que hi flota al damunt, com per oferir una resclosa a la llum. De l'iceberg que tenim al darrere, només se'n distingeix la base, un ocell s'escapa de la calima i passa aletejant. «Bon vent del sud ens empenyia. / L'albatros prou vingué: / fent jocs, menjava cada dia» Tenim ulls de caçador, afirma el Jeremy, ens podria caure el nas sense que patíssim una pèrdua dels sentits, les nostres orelles només serveixen per enlletgir-nos la cara, però els nostres ulls són aguts i vigilants, amb els nostres ulls s'hi pot comptar. Amb la nostra mirada entretancada, hi afegeixo, que capta tot el que es mou per destrossar-ho.

7

Afanya't, megàfon, no, d'hotels no en tenim, tampoc pensions, només ens arriben forasters quan es perden, sap? L'URD ja ha és al lloc, s'ha iniciat el rescat dels passatgers, n'hi ha massa, se'ls ha de distribuir pels altres vaixells. Un gos perdiguer, afanya't i no amollis, arribada d'aquí a 45 minuts, a la platja assolellada, rent a friend, platja de dolços records, a friend for rent, claqueta. Quan vam sentir el soroll de motors, algú va proposar que tornéssim a fer el SOS, com a senyal, nosaltres sobre el gel i cap vaixell al voltant. Claqueta, el 24 per cent dels enquestats opina que la natura té un dret propi a existir, prop de la quieta onada, cauen merles mortes del cel, claqueta. Ens havíem dispersat una mica, tot i que els conferenciants no paraven d'ajuntar-nos, també podríem haver fet un SOS més petit, tots van formar de seguida la O, no em pregunti per què, van formar una O sense parlar-ne, dos cotonets de sucre i dos viatges als cavallets a preu de ganga, primer es cremen els plançons, els arbustos, els arbres joves, la fusta morta, que atia el foc, el preu mai diu la veritat. La O es va enllestir aviat, una O una mica massa grossa, tenint en compte el nombre de gent, vaig sentir que algú cridava, aquí, aquí farem la S, vaig sentir crits, però eren en altres llengües, claqueta.

No us rendiu, passeu-vos-ho bé, descarregueu el mal humor, poseu les vostres esperances en gel, claqueta. Pujo de pressa per ajudar a fer la «S», una «S», vaig pensar, serà fàcil d'enllestir, ni idea de com ens va quedar, en tot cas, era molt més petita que la «O», i això és tot, no ens en vam sortir millor, l'helicòpter volava per damunt nostre, unes quantes vegades, claqueta. L'incendi s'acarnissa, devora els arbres més grossos, es propaga un foc més acarnissat, més imponent, cauen estornells morts del cel, dolça melangia, després el tercer foc ho crema tot, ho mata tot, el tercer foc és el darrer, és el foc que abrasa definitivament el món, claqueta BREAKING NEWS NÀUFRAGS RESCATATS DEL GEL BREAKING NEWS NÀUFRAGS RESCATATS DEL GEL en flames

VIII

S 62°12'9" O 58°56'43"

Del meu primer viatge al sud més profund, en vaig enviar unes quantes fotografies al meu pare, foto de pingüí amb fill, ambient matutí gèlid cel ondulat terra marina, adjuntades a un correu electrònic adreçat a la directora de la residència, amb la petició que li ensenyés les imatges en el seu ordinador. El pare va reaccionar malhumorat: quina decepció que no t'hagis perdut en la incertesa. Si fins i tot Internet estén les seves urpes fins allà, on ens podrem trobar encara aïllats en aquest planeta? Havia oblidat com és de mena el meu pare. La seva ànsia no troba cap Atlàntida rere l'horitzó, cap Tombouctou a la sortida del desert, cap Shangri-La més enllà de les muntanyes, només la pau en el seu viatge solitari. No podia explicar-li al pare què m'inquieta quan fa temps que no entro al lloc web de l'Agència Espacial Europea (amb connexió WLAN des de la coberta 4) per consultar els despreniments de la barrera de glaç de l'Antàrtida. Avancen, ho sé, per què ho he de confirmar, doncs, de tant en tant? Fins ara no li he parlat de l'illa del Rei Jordi al meu pare, la seva idea de la virginitat glacial la trepitgen allà botes de neu i botes militars. Com a cap d'expedició, tampoc puc evitar que hi ancorem, no tenim cap altra opció després de no haver pogut arribar a l'illa Elefant a causa d'unes velocitats del vent de 25 metres per segon. L'illa del Rei Jordi es compon en un noranta per cent de gel, i en un deu per cent d'observatoris i colònies de pingüins, així li hauria de descriure l'illa al pare, els observatoris fa poques dècades que hi són, les colònies fa 30.000 anys que existeixen. Com a màxim exponent de la colonització humana, l'illa alberga l'únic hotel de l'Antàrtida, l'Estrella Polar (l'hotel ja no funciona, i l'Estel Polar no es veurà mai en aquestes latituds), i una base aèria xilena on poden fer escala els impacients per creuar el pas de Drake fent trampes. L'illa està saturada d'observatoris, que són com pústules. Tots els països que volen influir en el futur de l'Antàrtida, li explicaria al meu pare, han de mantenir-hi una base permanentment dotada, i això no es posa enlloc en pràctica a tan bon preu com a l'illa del Rei Jordi. Rússia, Xina, Corea, Polònia, Brasil, Uruguai, Argentina i Alemanya es disputen la Copa de l'Antàrtida. Les estacions estan molt juntes, això no segueix en absolut l'esperit de la ciència i alimenta la sospita que aquí no s'investiga, sinó que juguen a les cartes, esperant el dia en què es pugui perforar per buscar petroli en lloc de gel (actualment es duen a terme unes investigacions revolucionàries al fons del mar i terra endins, els equips passen tot l'estiu fora, dormen en tendes de campanya). A vegades visitem l'estació xilena Eduardo Frei. La visió d'un banc, una oficina de correus, una botiga, una escola, un hospital d'aspecte provisional entusiasma els passatgers, igual que la vila a tocar del rost, construïda seguint l'absurd estil d'un ranxo, gairebé un poble normal amb dones i nens, que emet els seus propis segells, hissa la bandera i porta al món ciutadans xilens acabats de fer, que amb cada crit de nadó presenten una reivindicació nacional sobre la península Antàrtica (aquest detall, que sembla tret d'una farsa del Weiss Ferdl, li agradaria al pare). Com no se'ls va acudir als soviets i als ianquis disparar una prenyada a l'univers per justificar amb el naixement del primer nadó extrahemisfèric una reclamació legítima sobre el sistema solar, la Via Làctia, l'espai sideral? Evitem l'estació russa de Bellinghausen, d'això n'hi hauria de parlar al pare, pels barrils de petroli, per les restes de naufragis i la ferralla a la platja, on es fa visible el veritable llegat de la humanitat: deixalles rovellades. Però també hi ha una colònia de pingüins de cara blanca, prop dels quals desembarquem, els gralls dels animals amb uniforme negre i blanc es barregen amb els gralls de les persones amb uniforme vermell per formar una parafonia de tons aguts. Hi desembarquen uns extraterrestres, equipats de curiositat, desproveïts d'una llengua comuna. Els pingüins de cara blanca no s'entendrien amb els pingüins de corona blanca que anessin a espetegar a la seva colònia, m'explica El Albatros en una pausa breu entre la sortida d'un bot neumàtic i l'arribada del següent, ni tan sols se sap si els percebrien. Els passatgers paladegen cada minut que poden passar entre pingüins, els hem de demanar ben fort i amb insistència que tornin, jo estic dret amb una cama dins l'aigua, prop d'un tamboret metàl·lic que permet als que arriben agafar-se al meu braç en una maniobra marinera i arribar a un terra mig sec per sobre d'un esglaó, mentre jo murmuro mantres de cortesia, encara que després de dues hores a l'aigua freda el cos em demana més aviat foragitar els turistes de l'Antàrtida amb una ganyota salvatge i un crit primitiu. A l'aigua flota un pàtina fluorescent, agafo fort la barca, un suec àgil m'ensenya, mentre hi puja, el seu dibuix d'un pingüí que estira el bec cap al cel, unes quantes línies, l'aproximació més vaporosa, aleshores s'acosta un bot neumàtic a tota velocitat, soldats, la bandera xilena ressalta de costat a la proa, vira perillosament prop nostre, aixeca onades que m'arrenquen de la mà l'agafador del bot, i llisca cap a terra no gaire lluny de nosaltres, pel mig d'una gran multitud de pingüins de cara blanca, que s'aparten de mala gana caminant maldestres. El primer soldat que salta del bot neumàtic s'encén un cigarro i fa unes passes terra endins, amb una actitud relaxada, amb el cigarro a la boca pel mig de la colònia de pingüins, observat pels nostres bocabadats passatgers, als quals hem instruït insistentment sobre la distància correcta i el comportament adequat. Ocupa-te'n tu, li dic al Jeremy, *what are you doing*, crido. El soldat em mira sense entendre res. Li assenyalo el cigarro, amb gestos inequívocs li demano que deixi de fumar. No em presta més atenció, es gira de costat i se'n riu sarcàsticament mirant un camarada, aquell riure sarcàstic d'Ecce-Ego que m'encén la sang, crido, algunes paraules en espanyol, corro cap a ell, atura't, crido, l'agafo pel braç. Se'm treu del damunt amb un sol moviment, d'una violència sorprenent, trontollo, intento abalançar-me sobre ell, caic matusserament a terra i amb la cara enmig del fang. Desenfunda la pistola, li treu el fiador i m'apunta. La Beate i El Albatros apareixen de cop al meu costat, li parlen alhora al soldat, en espanyol, m'aixequen, m'agafen, al mig dels dos, com si volguessin mostrar-li al soldat el poc perill que emana de mi, jo el miro i tremolo, ell em llança una mirada despectiva i fa mitja volta. El Albatros m'agafa fort mentre la Beate distreu els passatgers que s'han reunit al nostre voltant i han format una colònia humana. Al cap d'una estona em mantinc tan immòbil que El Albatros s'atreveix a deixar-me anar. Els soldats ens han donat l'esquena, se'n van, ni idea de cap a on, amb quin objectiu, per damunt seu uns brins de fum que es cargolen a l'aire, i jo em pregunto on llençaran els cigarros a terra i els aixafaran amb les seves botes. Noto que després la por m'engrapa i alhora em puja l'eufòria, com si tingués un nus a la gola i alhora la sensació de desempallegar-me d'aquest nus.

La tardor posterior a l'estiu més calorós va començar la meva vida penombrosa. Que fàcil és qüestionar-ho tot un cop t'hi has posat. Com més contemplava el que m'envoltava, menys sentit li trobava. El tapet racional que ens teixim —dia sí, dia també, promocionat com a l'última moda de la veritat— es pot desfer fàcilment quan n'agafes el cap d'un fil. Una tibada i s'hi veuran tares, i darrere de les tares, realitats molt diferents: els delegats de la conferència global adormits a la sala plenària, unes hostesses amb un uniforme desconegut volten per les files i els posen caramels (o són pastilles?) a la boca oberta, els delegats se'ls cruspeixen mentre dormen, i quan tornen a obrir la boca se'ls escapa una paraula tan mastegada com totes les paraules repetides constantment, els delegats s'aixequen per torn, avancen somnàmbuls cap al podi i escupen la paraula masegada dins d'un bol col·locat allà, que al final del dia es presentarà a una opinió pública que espera pacient, es parla del millor de tots els compromisos. No són invencions, aquests comercials de la destrucció. No té bona acceptació estirar del fil en presència dels tranquil·litzats, amb la insolència de l'obstinat. Com més fort m'hi oposava, amb més tenacitat m'ignoraven, cada cop em convidaven menys a les barbacoes, molt populars en el nostre barri. Bon profit, la cervesa fresca de barril, i tots hi estan d'acord, donen molt i reben poc. Creu i ratlla, no volem ser així, la vida és malgrat tot força passable. Si jo replicava, la Helene em llançava mirades de desaprovació des del tancat de les seves conegudes, que es fixaven en la meva existència amb el mateix desinterès que un mecànic de cotxes en un vehicle a punt de ser desguassat. Era conscient que la Helene només esperava el moment adequat per agafar la porta. Quan només passàvem els caps de setmana junts (i no tots, perquè els viatges d'investigació alternaven oportunament amb els tornejos de bridge), ens havíem d'aguantar molt menys; va ser un turment estar tancat tot el dia i tota la setmana amb ella en una mateixa casa. T'has de posar en tractament, em va dir un dia, no sé què et passa, no hi toques. Això em va irritar. Ella havia llançat la primera pedra.

—Vols que et digui una cosa? La vas espifiar quan vas fer l'assegurança, va ser una bestiesa per part teva,

tenia a la mà una de les seves safates,

—no necessitem protecció contra incendis, ni tampoc protecció contra inundacions, protecció contra aquest boig que podria esclatar en qualsevol moment a casa seva, això és el que necessitem ara, ho necessitem urgentment, i ara què?, què passa ara?, no en tenim, ja és mala sort,

el cérvol saltironant d'una peça de la vaixella de Gmunder va volar contra la paret, es va esmicolar,

—apa, ja ho veus, hi ha coses que es trenquen quan el boig esclata,

les peces de ceràmica de Delft van volar contra una finestra, fetes miques amb un bon terrabastall,

—qui sap què vindrà ara, no hi ha res segur,

vaig fúmer un cop amb la mà oberta contra l'armari on hi havia els seus tresors de porcellana, una plata d'adorn va relliscar i em va caure damunt l'espatlla abans de rebentar-se a terra,

—potser esperaves que me les empassés totes? Et pensaves que no veig que em vols empènyer al llit de Procust? Em prens per un bou que espera que els altres calculin correctament el seu pes?

—Els altres? em va interrompre la Helene amb un xiscle agut, quins altres?, a tu no te'n queden, d'altres.

Vaig callar, amb el gall portuguès a la mà dreta. El vaig tornar a deixar a lloc i vaig respirar fondo, concentrant-me a respirar fondo. Si ella tenia raó i jo no hi tocava, mai sabríem si estava malalt o m'havia alliberat. Ens defugíem davant del televisor, mirant la pantalla muts i amb una obstinació rabiosa, seguint els documentals com un caçador el rastre d'un animal ferit d'un tret, sèiem a dues butaques, al gran sofà marró que hi havia entremig s'arrepapava un menyspreu que engolia tot el que ens havia unit abans, quan encara en teníem prou l'un amb l'altre, en nits clares amb un grapat d'estels. No hi havia res que em pogués assossegar, tots els animals reproduïts digitalment em semblaven criatures tancades, que primer havien sigut castrades i després escorxades. Així vam passar un vespre rere un altre, fins que es va produir el miracle d'aquell reportatge de l'estranger, on les masses de gel es precipitaven cap a la vall, l'horror impregnava amb aire d'opereta la veu del comentarista, tot i que no parlava en directe de la desgràcia, i mentre ell ornava la seva consternació amb frases incoherents, jo vaig obrir els ulls ben oberts, em vaig incorporar, em vaig inclinar endavant, vaig animar l'allau, avall, cap a la vall, vaig cridar, cap a la vall, vaig cridar amb energia i ànims renovats, sense pietat, vaig cridar quan es va empassar la primera casa, tan de pressa que no va tenir temps ni d'ensorrar-se, després una segona casa, una tercera, es va emportar una granja sencera, vaig xisclar d'alegria quan el poble va desaparèixer enterrat al fons de la neu, i la superfície blanca al damunt d'un problema solucionat amb fogositat arrencava uns segons de silenci al presentador. La Helene es va aixecar i va sortir de la sala remenant el cap ostentosament. Uns dies més tard, una carta del seu advocat va posar fi a les nostres vetllades televisives. Vaig llençar el televisor al punt de recollida, no acostumava a haver-hi moments sublims com aquell a la programació.

Altre cop a bord, ningú em mira a la cara, però tots ho fan al meu darrere. Com si anés xop de ridiculesa. La veu corre molt de pressa quan has ficat la pota. La Mary potser m'entendria, però no se la veu enlloc (anava amb el primer grup, que ha desembarcat de bon matí, m'ha saludat de passada abans d'afanyar-se a baixar a terra). Al migdia només menjo una sopa per poder-me retirar com abans millor. Fins i tot el Ricardo reprimeix el seu somriure de benvinguda. Els conferenciants que hi ha a taula em llancen mirades de preocupació, ningú em fa cap retret, tot i que qualsevol d'ells s'hauria controlat millor en una situació similar; donen suport amb indulgència a la meva falta de control. Potser els sabria greu haver de prescindir de mi. La Beate comenta que nosaltres no podem redreçar el món guerxo; el Jeremy explica la història de com un camió militar el va treure de la carretera a les muntanyes Rocalloses. Quan està a punt de conduir de manera molt expressiva, amb gestos i banda sonora, la seva pick-up atrotinada contra un avet, m'aixeco, saludo breument amb el cap i surto del menjador, evitant les mirades de reüll. A la cabina no hi ha res que em cridi l'atenció. M'estiro sobre el llit, i mentre miro fixament l'alarma d'incendis, la Paulina entra precipitadament, un sac de preocupacions sense alè.

—Què ha passat?

—Ja n'has sentit a parlar?

—T'has barallat, amb un dels passatgers?

—Amb un soldat. No ha sigut una baralla.

—Un soldat? Quina mena de soldat?

—Xilè.

—I per què? Què t'ha fet el soldat?

—Fumava, entre els pingüins.

—I què esperaves d'un soldat?

—Que no fumés.

—No són els més llestos els que s'allisten a l'exèrcit.

—No és una qüestió d'intel·ligència.

—De què, doncs?

—De respecte.

—I per això una baralla?

—No ha sigut una baralla. No ha deixat de fumar quan l'hi he dit.

—No t'ha fet cas, és això, tothom t'ha de fer cas.

—A mi, no, al sentit comú.

—I ara què?

—No ho sé.

—Fas una cosa així, i ara no saps com continuarà?

—Exacte.

—Ets idiota.

—D'acord.

—*You are risking us for nothing.*

Em defensaria si se m'acudissin les paraules que farien justícia a la ràbia del moment, quan he corregut darrera del soldat que fumava, quan m'he encarat amb el seu arronsament d'espatlles. Tot el que em passa pel cap són coses que arriben tard, flors tallades sobre una tomba recent. La Paulina s'asseu davant meu al llit. El meu silenci li dóna la raó. Amb una mà damunt de la seva espatlla, l'atrec cap a mi, els seus cabells em freguen el pit. La seva cara s'enfonsa a la meva camisa. Noto que la roba es mulla. Arribarà el dia que la faré infeliç i no podré consolar-la. Un primer petó, una pausa del pensament, un segon petó. Ens despullem del més necessari. La penetro, de nou i novament, amb una infructuositat palpitant. Callem, avergonyits, perquè abusem dels nostres cossos. Dins meu bull la impaciència, vull acabar com abans millor. Sento la veu de l'Emma, crida el meu nom per megafonia. Em demanen. Algú em vol fer una pregunta urgent. Jo també he de tornar a la feina, diu la Paulina. Tots dos estem acorralats. M'escorro prement els llavis.

Fa uns anys, dos estius abans de la catàstrofe, la Helene i jo vam anar a Lisboa, per passar-hi un cap de setmana llarg en un nou intent de salvar el nostre matrimoni amb passejades per la ciutat, sopars a una hora tardana i amb llum crepuscular, i untades mútues de crema solar. Vam caminar pels bulevards i vam pujar pels carrerons costeruts, vam fer tot el que ha de complaure a qui viatja a Lisboa, ens vam arriscar a entrar per carrerons secundaris que no estan enregistrats a cap guia, vam menjar *Pastéis de Belém* calents a la pastisseria del mateix nom (turística, molt turística, però com a turista valoro tot el que esceniifiquen per als turistes), vam beure vi de l'Alentejo, vam admirar-hi les rajoles, fins i tot vam pujar a un catamarà per observar dofins a la badia del Tajo. Tant era el que trobéssim, res no ens afectava alhora. Hauríem pogut passar un dia sencer a les botigues de souvenirs, i no hauríem trobat cap record que ens agradés a tots dos igual. Vam anar a parar a una església que havia merescut tres línies a la guia de viatges, disposats a sortir-ne després d'una mirada ràpida a la nau i el sostre, i a continuar per no aturar-nos en un lloc que només ens contenia a nosaltres. Però l'interior de l'església em va captivar, estava incomplet, el rastre de la destrucció va despertar dins meu una sensació inesperada d'afecte, per primer cop em vaig creure dins l'àrea de la veracitat i no dins d'un temple de la megalomania humana. El rastre del foc encara era visible a les columnes, una volta de color de taronja sanguina s'estenia damunt meu com el cel extens damunt d'un camp de batalla. En aquella *igreja*, la salvació estava escrita de manera creïble amb negre de fum. Les flors pansides, les espelmes de llum trèmula, semblaven darreres esperances vanes. Fins al cap d'uns minuts de reflexió, no em vaig adonar que dels altaveus estrets, instal·lats a la paret, sortia un cant encoixinat de veus infantils, com si sonessin a l'altra banda d'un mur que mai es podrà saltar. En un petit absis vaig veure la mare de Déu més commovedora que havia vist mai, exposada dins d'un nínxol d'una buidor absoluta. Irradiava torbació, com si temés no satisfer les exigències plantejades. Era una criatura expulsada, ferida. Vaig sentir el seu dolor. No només havien torturat el seu fill fins a la mort, sinó que aquest suplici s'ha fet etern. Em vaig quedar una bona estona davant seu. I ara què t'agrada tant d'aquesta església trinxada?, va preguntar des del portal una Helene rondinaire. Això era la *igreja* de Gaia, vaig dir, el lloc que es visita per desprendre's de l'arrogància humana.

El Dan Quentin és a bord del HANSEN. No es mou mai sense seguici, i això fa que no se'l vegi, però s'endevini la seva presència en un eixam dens de borinots. A vegades es veu passar la seva cabellera arrissada planant. El seu mànager m'ha promès una audiència amb ell. No ha fet servir la paraula «audiència», però el to i el vocabulari suggerien tot un honor. Els passatgers estan contentíssims, es nota certa exaltació a bord d'ençà que vaig comunicar-los a tots, dividits per preferències lingüístiques, primer en anglès i després en alemany, l'ocasió històrica de participar activament en una obra d'art. Jo els vaig presentar l'esbós del simulacre de seguretat que hauríem d'executar amb aquesta finalitat, i el mànager els va exposar el projecte artístic. Sorprenentment, els passatgers no es van sentir molestos de cap manera pel lema «L'art us necessita», sinó més aviat afalagats. Van descobrir el seu esperit compromès. Si m'hi convoquen, estic disposat a fer alguna cosa pel medi ambient, va dir un empresari de Saint Louis portant la veu cantant. El noi té imaginació, justament el que ens cal, i no sempre aquelles manifestacions, aquelles protestes desmoralitzadores, això no porta enlloc, va afirmar una senyora gran. N'hem de treure una foto signada a canvi, va exigir un director d'institut jubilat de Paderborn. I és clar que tots rebran un exemplar signat, els va calmar el mànager, i no només això, també els esmentarem, a tots, a la nostra web. I si volen comprar-ne una còpia d'edició limitada per regalar —quin regal, oi, per als que s'han quedat a casa—, tindran el mateix descompte que els col·laboradors, que amb nosaltres és molt generós. Els passatgers van sortir de la sala, xerrant en grupets que es ramificaven, per apuntar-se a la llista de participants, fins que només en va quedar un, un home magre, sense afaitar, amb una gorra de llana negra al cap, un home acabat d'arribar també, un hivernant de l'estació polonesa d'Artowski i a qui havíem recollit juntament amb el Dan Quentin per portar-lo a casa després de dotze mesos a l'illa del Rei Jordi. Estava assegut a la penúltima fila, a una cadira de distància del passadís, amb les mans damunt de les cuixes, els dits molt oberts, i un somriure estampat als llavis. Em mirava fixament. Era obvi que esperava alguna cosa de mi. Em vaig asseure amb ell, el micròfon encara a la mà.

—He de parlar de la hivernada.

—Vol fer una conferència?

—Tothom vol saber com és passar l'hivern a l'Antàrtida.

—Com en un túnel, així ho han descrit alguns, com estar tancat en un túnel sense saber-ne la llargada, no?

M'arrenca el micròfon de la mà i hi crida:

—Això és mentida!

i llança el micròfon a terra.

—És impossible imaginar la llargada del túnel. Cada dia que passa, augmenten els teus dubtes sobre si tornarà a sortir el sol, si mai et tornaràs a moure lliurement, si veuràs res més del món que no siguin els aparells de mesurament il·luminats, si el túnel té realment sortida.

Recullo el micròfon i pitjo el botó vermell. Els micròfons encesos acostumen a provocar situacions penoses.

—Seria desesperant si no fos pels llibres. Sorprès? Quina banalitat, llibres al túnel. Amundsen se'n va endur tres mil, ho sabia?

—Vol que anem a fer un te?

En un túnel aparentment infinit, confiar en la força salvadora de la imaginació, la idea em va convèncer. Vaig acompanyar el leptosomàtic a la màquina de cafè, que també servia aigua calenta. Va continuar parlant mentre agafava minuciosament una bosseta de te.

—La nostra ciència és un oracle modern, jo ja ho intuïa, però no ho vaig comprendre fins que no vaig ser al túnel,

va tirar unes quantes cullerades de sucre al seu te de menta,

—abans, el coneixement s'adquiria amb l'ajuda d'un mèdium. I potser no ens pensàvem que havíem avançat? Estàvem convençuts que el nostre futur es revelaria al final dels mesuraments. L'art d'endevinar? Això ens semblava un èxtasi sospitós, nosaltres presentaríem proves objectives,

el polonès picava amb la cullera sobre la vora de la tassa,

—demostracions aconseguides mitjançant un treball de precisió, són els signes de l'època, els cianotips per a la manera d'actuar futura. Per convèncer algú, només ens caldria presentar les dades corresponents. No és així?

Amb la tassa a la mà, es gira, mira cap a l'escala, mira amunt i avall, s'atura, aixeca la tassa amb les dues mans fins a la boca i xarrupa el te.

—A qui veneren a Delfos? A la deessa Gaia. Les seves serventes entraven en trànsit per conèixer el futur, en un trànsit induït per l'etil. I nosaltres? Nosaltres produïm etilè, l'etilè és per tot arreu, a la nostra roba, als objectes d'ús diari, l'etilè és als nostres cossos. Estem tan narcotitzats pel consumisme que hem perdut la facultat dels vidents.

L'hivernant xarrupa un altre cop. El tinc al davant, em parla amb el cor a la mà, però una conversa amb ell no em sembla possible.

—A qui hem de consultar? Hi hem pensat prou, a qui hem de consultar? A una instància superior, això és evident, però quina? La instància superior anomenada natura, l'organisme anomenat Gaia o potser Déu? S'han fet més precises les nostres preguntes? Potser sí. Condueixen a noves respostes? Això creiem. I que potser no estàvem convençuts que podríem actuar millor quan haguéssim desxifrat més coses? Ridícul. I vostè, què hi fa vostè, en aquest vaixell?

Entenc amb una mica de retard que es refereix a mi, no s'havia girat cap a mi, no li havia canviat la veu, les paraules al final de cada frase continuaven arrossegant-se com una cama ranca.

—Ens hem equivocat? Una miqueta? Molt? Malament, un altre cop malament. Anàvem totalment errats, hem fet una mala jugada, ens hem guardat les projeccions a la mà, i les profecies eren els trumfos. Les projeccions han resultat irrellevants, tan irrellevants com les prediccions meteorològiques de la setmana passada. Reconegui-ho, vostè no creia que fos possible que les seves advertències se les enduria el vent.

—Com ho sap?

—Vostè mateix m'ho va dir.

—No ens havíem vist mai abans.

—M'ho va explicar fil per randa.

—On?

—En algun congrés.

—No ho recordo.

—Així que també s'ha apartat de la ciència? Ho ha deixat córrer?

—Al contrari, només em proposo exposar la meva pròxima advertència d'una altra manera.

Estem rodejats d'uniformitat, únicament podem distingir que la natura ens mira amb ulls cecs. L'aigua sembla oliosa, la seva superfície impenetrable es transforma no gaire lluny del vaixell en una mampara de roba que sembla tensada entre dos horitzons metàl·lics. S'han abaixat totes les càmeres, el saló està més tranquil que de costum. La Paulina i jo intercanviem mirades per sobre de la vitrina amb el pastís de xocolata. Quan ens unim, li demano desesperadament una prova de simpatia al desig. Ens aquietem l'un a l'altre; ens gronxem sobre una promesa falsa.

8

Això no ho pot dir, fins a arribar a la platja, com és que no ha omplert el dipòsit quan n'ha tingut ocasió, que no ha vist el cartell?, cap altra benzinera en 800 kilòmetres, ha calculat malament?, molt imprudent per part seva, jo no puc donar-li benzina, aquí té una ampolla d'aigua, no puc fer res més per vostè. La platja on tan dolç és recordar, en aquest moment només podem confirmar que el Zeno H. n'ha sigut l'autor, però no sabem si actuava sol o amb la complicitat d'algú altre, sobre els motius només podem especular. Quan el vell fa bogeries, no li passen en vuit dies, més lluny, encara estàs despert, doncs te la peles, sempre molt més lluny. No sabem on para, ha esperat fins que l'helicòpter s'ha allunyat, ha agafat el capità, el primer oficial i l'oficial de seguretat, i a la sala de màquines ha ressonat una ordre: tots els homes a coberta, què passa? Pugeu, ràpid! Més lluny del demà, quan es convertirà MQEF en AQEF? Si els diners s'acaben, matarem un multimilionari, allrrrriiightttt, els rics són els porquets de guardiola de la nació, collonut. Un dia va sortir al carrer i va proferir uns crits terribles, no s'entenia què deia, els veïns van obrir les finestres de cop. Hi pot afegir alguna cosa? No era un crit normal, feia estremir la gent, es notava, i una por terrible em va omplir després el cor. Si ens enfrontem a l'elecció de protegir la natura o guanyar diners, els trolls trinquen la tranca, tampoc és tan greu, cauen pit-roigs morts del cel, tropa de soldats, tropa de tarats, això no ho pot dir, ciao ciao bambino, el doctor Robotnik s'ho fa amb futanaris, ens agrada potinejar a les fosques, parides, salta a la vista, shotacon és estalagmita, lolicon és estalactita BREAKING NEWS DESTÍ DEL HANSEN DE NOU INCERT BREAKING NEWS DESTÍ DEL HANSEN DE NOU INCERT i sant tornem-hi

IX

S 62°58'9" O 60°33'6"

Si fóssim pirates —no ho som, som filibusters les CGC, no li ta-
llem el coll a ningú, fem que uns avions no tripulats matin per
nosaltres—, aquest seria el nostre amagatall. Si estiguéssim en
una pel·lícula de pirates, un dia com avui arribaríem a la nostra
illa secreta. El mar és de color gris pissarra, el cel gris cendra,
el vaixell s'acosta a una roca de color antracita sense entrada, si
«Sèsam, obre't!» fos una contrasenya equivocada, ens hi es-
tavellaríem, el capità ha reduït la marxa dels motors, avancem
lentament, com si un aficionat a les manualitats ens fiqués amb
pinces pel coll d'una ampolla. Tothom se sent empès cap a la
coberta exterior i busca la solució de l'enigma amb prismàtics.
L'obertura amagada es fa visible. Els antics pirates l'anome-
naven Manxes de Neptú. T'hi banyaràs?, m'ha preguntat la
Paulina abans d'adormir-se. És clar que m'hi banyaré. Les
parets de roca de basalt són molt a prop, immòbils com una
fúria refredada, rastres d'al·luvions a la pedra, vives les líni-
es dels corrents. Davant nostre, una platja de sorra plena de
lapil·li escampat, desmembrada per ruïnes mig enfonsades,
al darrere, una elevació entenebrida per capes de neu, entre-

mig, el resplendor d'una roca negra i taques de ferro rovellat. El vaixell fondeja al mig d'una caldera. Fins i tot aquí s'hi va establir gent. Poc després, l'aigua es va tenyir de vermell a la badia volcànica, gràcies a una demanda creixent, temps enrere, quan amb barbes de balena s'elaboraven les barnilles de les cotilles, i amb l'oli es fabricava glicerina per fer-se volar mútuament a la gran guerra de trinxeres. Quina innovació més admirable, fabricar explosius amb les balenes, quin símbol més brillant del progrés: destruir l'essencial per produir l'innecessari. El volcà es va venjar amb unes quantes dècades de retard, va cremar amb lava la presència humana. L'illa Decepción és un *port of call* esgotador, ens hi espera una feinada, els passatgers no només baixen a terra, també hi fem una llarga caminada amb els passatgers sans sense limitacions. Abans excavàvem un pou a la platja perquè els turistes de l'Antàrtida poguessin nedar a l'aigua calenta sulfurosa, però ara ja no està permès, encara agafem tovalloles, però els passatgers s'han de banyar ara al mar gelat (i sortir-ne ràpidament si volen continuar vius, el metge del Brasil s'hi planta amb un cronòmetre a la mà, i si algú no és fora de l'aigua al cap de 45 segons, el fan sortir). Després repartim certificats. Sóc l'últim que entro a l'aigua, quan el metge ha tornat a bord, i em reanimo.

Després del segon cop que entris a la sauna, t'has de banyar amb aigua freda, em va instruir el Hölbl, no s'hi val només de dutxar-s'hi. Tota la vida havia detestat la sauna, però m'hi vaig apuntar perquè les dones seien gairebé despullades als tamborets del bar; si et fixaves massa estona en els seus cossos, t'agafava una depressió. Havia exagerat amb les meves promeses, no t'havia dit que m'ocuparia de tu? Sota la direcció displicent del Hölbl, que fins i tot incloïa com m'havia de lligar el barnús, vaig conèixer les trobades ràpides al bordell, a més d'alguns aspectes plaents que el Hölbl no havia mencionat: acomiadar-se de la dona que havies penetrat tot just mitja hora abans amb un «ja ens veurem», el cul que desapareix per la cantonada, oblidat a l'instant següent, substituït per un altre cul que s'acosta remenant, i després t'arrepapes còmodament en aquella fatiga que es diposita com a sediment d'un episodi viscut. Després d'unes quantes visites, alguns cops fins i tot sense el Hölbl, la xerrameca inicial em va semblar desproporcionadament vinculant. Al club on em va introduir, on anàvem per la bona relació qualitat-preu durant l'interregne entre el divorci i l'Antàrtida, hi havia un petit «cinema» amb «camps de joc» en lloc de butaques o cadires, allà descansaves, vestit només amb una tovallola embolicada a les anques, miraves una pel·lícula porno tronada i, segons les teves inclinacions, també l'activitat desinhibida que t'envoltava, de tant en tant et passava per davant una dona despullada i et deixava caure un amanerat «Vols una mica de companyia, guapo?». A mi, això em sonava a amenaça, i per això només feia un senyal d'aprovació si la xerraire arribava a una formulació més original. Tret d'aquesta mena de reclams, aquelles trobades eren del meu gust, *reduced to the max*. Sense dir res, li manava a la despullada que em tragués la tovallola i anés per feina. Era com si segués sol en una roda de fira i observés la vida de sota en miniatura, sense tenir ni idea de com tornaria a baixar. A vegades fins i tot es podia evitar l'intercanvi de noms fingits. Llavors era més que feliç, les meves necessitats carnals satisfetes sense que el procediment tingués res a veure amb mi.

Abans de dirigir el vaixell cap a l'estreta porta, el capità m'havia agafat en el seu punt de mira i s'havia desfet del seu laconisme. Al pont, en presència d'uns quants decisors (com es diu en l'idioma de les jerarquies), em va aclarir que, com a cap d'expedició, em corresponia un paper exemplar decisiu, que si jo anava per mal camí, el vaixell també aniria per mal camí, la seguretat dels passatgers tenia prioritat absoluta, un home de la meva edat s'hauria de saber controlar, un cigarro no cremaria l'Antàrtida, jo havia posat en perill la col·laboració amb l'estació xilena, havia danyat la reputació de la naviliera, després ja no el vaig escoltar, el capità no pot jutjar el meu atac de fúria. Encara em sentia ridiculitzat, l'endemà, però amb raó, el soldat havia infringit el conveni que ens permetia ser a l'Antàrtida. Només em sabia greu no haver-lo impressionat de manera irrefutable. Vaig guaitar, més enllà del cap del capità, el mar a través de la finestra, un horitzó glaçat al fons, el soldat llança la burilla enmig dels pingüins, veig com la burilla cau sobre el plomatge dens i socarrima el negrós lluent, no és la primera burilla, els pingüins estan al mig d'un cendrer ple, drets sobre els seus talons enmig de burilles apagades, les ales desplegades, tot i que no poden volar. Quan torno a escoltar, el capità em comunica que farà constar en el seu informe la meva falta d'aptituds per ser cap d'expedició, i que malauradament es veu obligat a recomanar que s'examini la meva continuïtat com a conferenciant, amb un dictamen psicològic si cal. I sense cap mena de transició i ni una sola paraula de compassió, m'informa dels progressos relatius al projecte SOS del Dan Quentin. Sembla que li ha agafat gust. És una astracanada, dic, alliberat de tota obligació diplomàtica pel seu sermó. Que ho he de fer com Déu mana, que així podré tenir una sortida digna. I què en pensa treure, que el convidin a un *talk-show*? Em contesta que la insolència no em prova. Això no és ser insolent, sinó sincer, un SOS sense un motiu concret per a un SOS, això és ridícul, i vostè es convertirà en escuder d'un cavalleret de fira. Que deixi de fer el gall i m'ocupi que l'obra d'art es realitzi, que les meves opinions obscures no li importen a ningú. Aquesta obra d'art no funcionarà si no és que realment hi ha un accident, sí, és així, si el SOS dels passatgers fos un SOS autèntic, llavors seria un èxit, i les fotos es vendrien a cabassos, no troba? Que em fiqui la vehemència on em càpiga, i enllesteixi la meva feina, un simulacre, una hora, una foto, un moment culminant al final d'un bonic viatge, no és pas tan complicat, després durem la gent a casa, i això és tot. El capità no m'ha de dir res més, els decisors m'observen com a una atracció de fira.

El pianista també m'escodrinya. No em dirà el que m'ha de dir mentre hi hagi més gent al voltant, sobretot no ho farà en presència de la neozelandesa que viatja amb la seva mare anciana i anhela que se la mirin sense mare. Des d'ahir al vespre, el pianista mira de satisfer el seu desig, una mica massa precipitadament, però la neozelandesa no sembla una persona que es pugui permetre mantenir el ritme adequat. Em pregunta si és cert que podrà enviar postals des de Port Lockroy, l'hi confirmo i aprofito l'ocasió per explicar-li coses d'aquesta posició avançada britànica: aquesta antiga estació balenera es va equipar per complir objectius d'espionatge, perquè els britànics temien que els vaixells alemanys s'amaguessin als ports naturals de la península Antàrtica. L'operació es va dir «Tabarin», secret de màxim nivell, fins i tot Churchill se'n va assabentar amb retard, els mariners que hi van enviar vigilaven l'estret de Bransfield, vigilaven i vigilaven, van passar dies, setmanes, anys, els alemanys no hi van aparèixer, segurament s'havien oblidat de l'Antàrtida, i a més estaven ocupats en altres llocs, els homes destinats allà no van fer altra cosa fins al final de la guerra que endrapar duff pudding i escurar Lyle's Golden Sirup de les culleres. Així doncs, tot plegat va ser inútil, pregunta la mare neozelandesa, amb una mica d'ingenuïtat. No del tot, almenys van aconseguir treure la bandera argentina de l'illa de Decepción. Com sempre, m'interromp el pianista, que el seu apreciat amic, el cap d'expedició, explica una cosa, només explica la meitat de la història, cal comentar sens falta que abans, l'any 1939, els nazis van llançar esvàstiques a l'Antàrtida des d'hidroavions, esvàstiques tensades com estels d'alumini per reclamar una part de la Terra de la

Reina Maud. La zona marcada amb esvàstiques fins i tot va rebre un nom: Terra de Nova Suàbia. La neozelandesa està entusiasmada amb el gir de la història o amb l'encant estudiat del pianista, somriu educadament, repeteix Nova Suàbia com un acudit graciós; darrere meu, al bar també es fan bromes, uns quants homes confraternitzen amb l'Erman amb tot de copets a la cuixa, escolta, això t'agradarà, jo em dic Walker de cognom, i John de nom, o sigui John Walker, però tothom em diu… bé… tothom em diu Johnnie!, qui s'ho havia d'imaginar, i ara tu me'n serveixes un, un Johnnie Walker al Johnnie Walker, un Johnnie Walker doble, ha d'anar així, oi, no podia ser d'una altra manera; aquest migdia, s'imposa una altra veu, tot s'ha tornat ombrívol de cop, molt ombrívol, des de proa semblava que el nostre vaixell navegués cap a la terra dels Morts, una altra veu irromp, carai, carai, som *The Pirates of the Antarctic,* cridòria, giro el cap per veure com la vermellor del riure brota a les cares, la cridòria continua, s'estira a través de la veu tranquil·la de l'Erman com un fil de plata, Black Label, sir?, i tant, endavant, però si us plau amb cala…vera, esbufega el senyor John Walker, l'Erman fa una ganyota, em sembla que reacciona als capellans que li tiren, vosaltres aneu rient, aneu, que ja us ho trobareu, el pack mare-filla neozelandès s'acomiada, els pirates del bar agafen els gots i surten fora. Ara, el pianista pot deixar anar el que té a la punta de la llengua. Que si això no m'ho esperava de tu, quina criaturada, una baralla per un cigarro, amb un soldat armat, que si hauria de ser més raonable, que hauria de triar les meves lluites amb més seny. Que entén que no m'agradin els cigarros, igual que ell no té cap mena de simpatia per aquells passatgers sorollosos, com et pot omplir un Johnnie Walker? Ahir va ser el cigarro, demà serà el Dan Quentin, això és pitjor; malgrat tot el que ha passat, el capità continua volent que organitzi la història del sos. Em diu que hi estic predestinat, com a únic *bonified doomsayer* a bord, que ell no hi pot aportar gaire cosa si no és que necessitem acompanyament musical. El pianista s'aixeca, s'acosta al piano, titi tata tam, titi tata tata tam, una introducció de sintetitzador inoblidable per a algú que va estar casat molt temps amb la Helene quan existia ABBA. Molt encertat, els Johnnie Walker de la música pop. Li va clavat al Quentin. Ell diu que el SOS lliga amb una altra cançó, que si la recordo, toca els primers acords, que em són molt familiars, *hello darkness, my old friend,* que la canti tranquil·lament, que ell tocarà tota l'estrofa. Saps quina li he deixat anar al capità? Que hi hauria d'haver un accident real perquè tot plegat fos creïble. *That's the spirit,* què et semblaria un segrest? El *ship cruise* es converteix en *ship Crusoe.* El pianista riu, de manera diàfana i refrescant, com un sorbet entre dos plats. El seu riure arriba fins a la tornada de *The Sound of Silence* després de passar per una improvisació; d'aquesta manera, ell mateix descarta la idea, un fragment de la pedrera d'irreflexions on tenen lloc les nostres converses. Un segrest? Un SOS vermell sobre el gel? L'instant en què l'art és converteix en veritat. No em trec la idea del cap. El que s'ha dit sense pensar-hi també es pot considerar seriosament. Comença com una petita clivella, arrela com una esquerda, acaba com un vidre esmicolat.

Un ocell blanc es posa damunt del meu cap, la glacera s'amaga darrere del seu llindar, s'esqueixa sorollosament viva, les gavines aletegen damunt de la glacera, es tornen invisibles, els núvols són minúsculs, s'alça una onada, i cau, l'escuma de la cresta esquitxa ben amunt, fa puntes de coixí amb les gotes, els albatros que cauen com pedres del cel. Zeno, aquest és el teu ocàs. En els vapors de randa escatxigats s'enreden les esperances cegues.

9

Això és un cul-de-sac, si un día para mi mal, sembla que no vulgui entendre-ho, en aquesta regió només hi ha culs-de-sac, viene a buscarme la parca. Ha obligat els que s'havien quedat a bord a pujar a un bot salvavides, amb una pistola a la mà (d'on l'ha tret, la pistola?), també el capità, després ha marxat, sí, avui dia és així de fàcil governar un creuer, amb una joystick, segur que ha arribat a mar obert. M'agradaria ballar al so de les mandolines, tots plegats som tan innocents com les subvencions, empujad al mar mi barca con un levante otoñal. Digui'ns el seu nom, si us plau. Paulina Rizal. Ocupació? Cambrera al MS HANSEN. Des de quan coneix el Zeno Hintermeier? Fa quatre anys. Quina relació hi tenia? Érem amics. Quina mena d'amics? Només amics, no còmplices. Hi estava embolicada? No, no ens havíem promès res. La va advertir del que faria? No. No la va avisar? Deia moltes coses, només eren paraules, res més que paraules. Perdoni que em presenti tan tard, la visita s'ha allargat molt, no, m'ho he perdut, què has dit?, sí, no, no, t'escolto, només m'he distret un moment, per aquí vola un colom blanc. Navega de dret cap al nord, els pilots de caça no poden atacar el vaixell, només el poden observar, l'hem de prendre per assalt, no hi ha cap altra solució. De vostè encara se'n pot fer alguna cosa de profit, i quan solqui el blau marí tindrà la llum de la lluna il·luminant-li el camí. Era un aixafaguitarres, era un boig, però almenys era un boig amb conviccions. Vostès no el poden entendre. No ens subestimi. Vostès no el poden entendre perquè haurien de canviar per entendre'l. Abans s'havia de conservar tot, de seguida arriben els nostres consells per lligar de la setmana, la superfície d'una glacera recorda a vegades un escull coral·lí, ara s'han d'oblidar moltes coses, i tot continua sense pausa BREAKING NEWS VAIXELL FANTASMA A L'ANTÀRTIDA BREAKING NEWS VAIXELL FANTASMA A L'ANTÀRTIDA i ara a una altra cosa

X

S 62°35'0'' O 59°56'30''

Sí, s'hauria pogut evitar, el contratemps de la senyora Mor-
genthau, si jo hagués sigut una mica menys deixat, els parà-
sits no haurien pispat cap ou, si no haguéssim fet escala a l'illa
de Half Moon, una proposta meva, una bona volta d'una ban-
da, una sorpresa magnífica de l'altra, així se la pot elogiar als
passatgers, una franja serpentejant de terra, de forma similar
a una mitja lluna, amb quatre turons repartits de manera re-
gular i una munió de pingüins de cara blanca, *a walk in the
park* amb bon temps i vistes sobre el cim de l'illa de Living-
ston, una petita illa molt del meu gust, predominantment
blanca, esporàdicament negra pedregosa, en un punt una roca
de granit bifurcada al costat d'un rombe oblic, una formació
que no m'afarto de mirar, i encara que haguéssim tingut un
temps variable durant el dia, no hi havia cap motiu concloent
per renunciar a desembarcar-hi; al contrari, amb la llum ca-
pritxosa que es filtrava a través de les escletxes entre uns nú-
vols negres i feixucs, l'illa semblava inventada en un estat eu-
fòric, també ho va notar la Mary, que va ser la darrera a baixar
del bot neumàtic i es va quedar al meu costat, vam intercanvi-

ar unes paraules, no vaig voler atabalar-la i em vaig abstenir de preguntar-li per l'home baixet i rodó, del que ja m'havia assabentat que era un vidu de Virgínia de l'Oest, un home ric, havia reservat una suite real, amb un balcó des del qual es podia fer lliscar la mirada sobre l'Antàrtic, en lloc d'això li vaig assenyalar el vell elefant marí que solia descansar a l'estretor del sud, el cos robust cobert de cicatrius d'una vida rapinyaire, et passa fàcilment per alt si busques moviment amb la vista, com la majoria dels passatgers, que malgrat els nostres consells rarament són capaços de quedar-se quiets en un lloc i observar els animals i el seu comportament, s'estimen més anar amunt i avall, segueixen els pingüins a tort i a dret per la neu, la càmera en posició de tir, amb l'excepció gloriosa de la senyora Morgenthau, que es mantenia a la distància prescrita, a les vores de la colònia, i observava entusiasmada com la mare o el pare covava els dos ous, «El segon ou és realment més petit», la vaig sentir murmurar, com molts altres passatgers, la senyora Morgenthau s'alegrava de comparar amb la realitat els coneixements adquirits a la conferència (v.o. de El Albatros: El segon ou és una assegurança, per això és més petit, de la mateixa manera que un paracaigudes de salvament és més petit), si no hagués estat tan concentrada, tan absorta, no s'hauria sentit tan propera als pingüins incubadors i no hauria intervingut en aquell idil·li, on només irrompen paràsits a l'aguait d'ous poc protegits, es tornen a enlairar després d'una cacera infructuosa, un comportament comprensible que a mi ja no em crida l'atenció, al contrari que a la senyora Morgenthau, que havia dirigit la mirada atenta a un paràsit gros, un ocell lleig, gras i dolent, així me'l va descriure posteriorment, i que ella s'havia deixat portar per l'antipatia que li havia provocat, que ell fins i tot l'havia intimidat una mica, encara que sonés ridícul, així havia anat, això explica els esdeveniments posteriors que, malgrat tot, s'haurien pogut evitar, en aquest punt tenia raó el capità, si jo hagués reaccionat més ràpidament, si hagués estat més concentrat, si en el moment fatídic un altre conferenciant hagués ocupat el lloc de guàrdia tranquil prop de la colònia de pingüins de cara blanca, i no jo, que al cap d'unes hores de servei coordinant els bots estava cansat, m'havia alliberat de qualsevol obligació durant un quart d'hora, de manera que no estava preparat per al vol en picat del paràsit, que vaig veure de reüll, el primer que va despertar la meva atenció va ser el crit, «Té un ou», just a temps per veure que el paràsit gros aterrava amb un ou blanc a les urpes a menys de tres passes de la senyora Morgenthau, i mirava al seu voltant, per si l'amenaçava cap mal, abans d'intentar trencar la closca de l'ou amb el bec, cosa que no li van permetre perquè la senyora Morgenthau es va abalançar sobre l'ocell, li va arrabassar l'ou amb una habilitat sorprenent, se'l va guardar amb molt de compte a les mans —mentre l'ocell, en inferioritat, arrencava a volar i marxava d'allà—, orgullosa de la seva acció de rescat, una mica desconcertada, igual que jo, i per això no vaig reaccionar de seguida, sinó quan ella es va allunyar de mi, cap al pingüí saquejat, que no es va moure perquè havia de protegir el segon i ara únic ou, la senyora Morgenthau va arribar fins al pingüí de cara blanca amb la millor intenció, li va portar l'ou com si fos una ofrena, es va ajupir per dipositar-lo amb la màxima suavitat davant de la panxa del pingüí, només vaig poder cridar un «No ho faci» a corre-cuita, endebades, la senyora Morgenthau se sentia escollida per desfer una injustícia, per tornar il·lès l'ou amb la futura vida a l'animal que covava, una pretensió tan noble com ambigua, ja que el pingüí, exposat a l'atac d'un monstre vermell, per l'instint de defensar l'ou que li quedava, va obrir el bec i li va mossegar la mà a la senyora Morgenthau, que va cridar espantada, va deixar caure l'ou i es va mirar la mà, la sang gotejava sobre les pedres, una quantitat de sang sorprenent, no sé si es va adonar que jo li agafava el braç per examinar-li la ferida, es va desempallegar de mi per fugir del pingüí mossegador, va relliscar i va caure pesadament sobre un altre pingüí de cara blanca, que també cuidava els ous al seu niu i per això no es poder apartar prou de pressa, igual que jo també vaig reaccionar massa tard per frenar-ne la caiguda, el cos robust de la senyora Morgenthau va enterrar sota seu l'ocell desvalgut, els altres pingüins, això em sembla en retrospectiva, van comprendre abans que jo el que havia succeït, tota la colònia es va posar en moviment, una cridòria aspra va esclatar quan vaig ajudar la senyora Morgenthau a aixecar-se, a l'anorac restes d'ou empastifades, la vaig aguantar amb una mà, amb l'altra vaig cridar per ràdio El Albatros abans d'examinar la ferida —el pingüí havia mossegat la carn tendra entre el polze i l'índex, a través de totes les capes de pell, un tall profund—, la cosa no hauria sigut tan greu si hagués netejat la ferida de seguida i així n'hagués evitat una infecció, però a la motxilla hi faltava la farmaciola, que sempre hem de portar, de manera que no vaig tenir altre remei que pressionar la ferida amb el meu mocador per tallar-li l'hemorràgia, entre nosaltres un pingüí jaient immòbil, al nostre voltant una forta protesta animal, quan anava a proposar-li a la senyora Morgenthau que anéssim junts i a poc a poc cap al lloc d'embarcament, ens van caure uns flocs de neu a les mans, vaig mirar amunt, el temps havia canviat sobtadament, es va declarar una borrufada, el vent bramulava, la visibilitat va empitjorar a una velocitat impressionant, des del pont ens van comunicar que en vista dels vents catabàtics que s'acostaven, que podien bolcar fàcilment una embarcació de la mida d'un bot neumàtic, era aconsellable que ens quedéssim a l'illa, que muntéssim si calia la tenda que dúiem, fins que la tempesta hagués passat, la sirena del vaixell va sonar, un toc llarg i tres curts, El Albatros ens va localitzar quan va començar a pedregar, pedres com perdigons, i la tempesta ho va devorar tot, cims, glaceres, els quatre turons i la roca de granit bifurcada, els altres conferenciants i els passatgers, i també els pingüins, el metge no aconseguiria arribar on érem, la senyora Morgenthau estava a mercè de l'illa de Half Moon, El Albatros li va examinar la mà i també el meu mocador amarat de sang, se li va notar la preocupació abans que em xiuxiuegés, xampurrejant en alemany per amagar-li el diagnòstic a la pacient, que la ferida s'havia de desinfectar immediatament, el bec d'un pingüí estava molt contaminat, els bacteris eren molt perillosos per als humans (a l'Antàrtida, el virus i els bacteris són altament resistents a causa de les condicions extremes, com em va explicar després el metge), que ell havia vingut corrents sense motxilla perquè jo no li havia comunicat que em feia falta una farmaciola, per això té molta raó el metge quan afirma que s'hauria pogut evitar que la senyora Morgenthau es trobi ara a la infermeria, amb el gota a gota, febre i una mà inflada, segurament a causa d'una erisipela, antigament coneguda també amb el nom de «foc sagrat», el metge del Brasil, amb qui per fi he parlat per primer cop, no ho pot diagnosticar amb tota seguretat, l'únic cert és que, després d'una hora llarga, vam poder portar a bord la senyora Morgenthau, en estat de xoc, i els altres passatgers embarrancats a la platja; enrere havien quedat un pingüí de cara blanca mort, uns quants ous aixafats i un paràsit gros, contra qui havien comès un robatori en ple bec.

La mudança de Solln a Moosach, a un apartament moblat d'un sol ambient, va ser radicalment diferent de la mudança anterior. Tot el que vaig voler conservar va cabre en el Golf Variant del Hölbl. De llibres, només me'n vaig endur els que gairebé m'havia après de memòria en els darrers anys, tots els altres els havia llençat durant les setmanes anteriors al contenidor del paper, sortides diàries amb pesades bosses de plàstic a les dues mans, els CD els vaig portar al punt de recollida, un passeig més llarg, però tampoc pesaven tant. Pel camí vaig recordar el que el lama Boltzmann ens havia explicat sobre un poble del Tibet, sobre una biblioteca del monestir d'allà, plena de rotlles que feia segles que no es podien examinar. Els sacerdots contemplaven els rotlles i emetien missatges sobre el futur. Vist des d'aquesta tradició, l'anada fins als contenidors em va semblar una pràctica budista: necessitem textos que no llegirem deliberadament, música que no sentirem a posta, arbres cims rierols glaceres que deixarem en pau. Vaig passar aquell llarg estiu llegint a l'apartament de Moosach, amb una sensació d'alliberament perquè no m'atabalaven milers de llibres. La meva única preocupació era saber què faria amb els ingressos per la venda de la casa, una suma considerable, fins i tot després d'haver-ne donat la meitat a la Helene. Em vaig abandonar de nou als textos antics, encoratjat per la seva tenaç ambició d'apel·lar a la meva consciència, motiu pel qual, cal suposar, continuen sent valorats malgrat que intenten reeducar-nos amb totes les seves forces. Els clàssics podien portar llum a la foscor, podien redactar frases dignes de ser gravades en façanes de pedra. En canvi, els autors vius, d'això me n'adonava cada cop que obria el diari, s'han de moderar, exaltar-se una mica, excitar-se una mica, enardir-se una mica, però en cap cas han de voler canviar el món. Com t'haurien de sacsejar en vida? La vergonya no funciona, ja que tothom s'exposa públicament, el dramatisme no funciona, ja que tot es desprestigia. I la violència? La violència és l'únic llenguatge que encara no està saturat d'etiquetes de patrocinadors. Només comprenem la violència que es dirigeix contra nosaltres. La violència que s'exerceix contra els altres ens és incomprensible o muda. Aquesta violència la percebem com el gargamellejar d'una gola que s'ha quedat sense parla, com un balbuceig en el millor dels casos. Escrivia frases com aquestes als marges, tancat al meu pis de Moosach, d'una estretor agradable, llegia les meves notes i em preguntava si havia trobat una resposta honrada a les exigències de la nostra època o si m'havia infectat de la seva idiotesa. L'únic que em semblava cert era que el veritable alliberament només es pot aconseguir a través d'un acte creatiu. De tant en tant escrivia correus electrònics. Ni tan sols durant les setmanes més melancòliques no havia interromput la correspondència amb uns quants col·legues que apreciava, amb el Shiva Ramkrishna, de la JNU de Delhi, per exemple, a qui causava una secreta alegria examinar els resultats científics més recents a través del prisma d'antics mites sànscrits, per això deia que en algunes antigues profecies ja s'anticipava que les glaceres es fondrien, i també l'amenaça que el Ganges s'assecaria, el riu sagrat, cansat dels incomptables pecats que es netejaven a les seves aigües, desapareixeria sota terra, fins i tot els nostres déus canviaran, m'havia escrit el Shiva al seu darrer correu, ja en tenim una prova a la glacera de Siachen, on la dependència dels soldats envers els helicòpters arriba tan lluny que els homes, posseïts per l'omnipotència d'aquest aparell, que els alimenta i els protegeix i els ofereix l'única esperança de salvació d'un servei embogidor a sis mil metres d'altura, han començat a adorar l'helicòpter fent girar llums en cercle i amb càntics antiquíssims que només han adaptat lleugerament. I per què no Déu com a helicòpter, li vaig contestar, això demostra l'abast de la imaginació religiosa, l'error més gran del cristianisme és haver creat Déu a imatge de l'home. Les passejades pels meus pensaments les interrompen les converses amb la Paulina, un cop la setmana per Skype, a una hora prevista. No m'agraden les trucades sorpresa, ni del Hölbl, que no vol entendre de cap manera que el record de la Paulina m'erotitza més que la visió de dones amb poca roba i cames llargues dels països barraquistes de l'est de la UE, i per això a vegades penjo l'auricular, enervat, també al meu assessor bancari (una denominació molt encertada per a algú que assessora el seu banc a costa del client), que ha intentat encolomar-me de tot, fins i tot els certificats d'inversió més dubtosos (quina paraula més fal·laç, ni acrediten ni asseguren res). Inútilment, encara no ha entès que no podrà amb mi perquè no estic obligat a canviar temps per diners. Evito els Alps, igual que els viatges als voltants més propers o llunyans: aquí ja no hi ha natura, tant per tant, paladejo els paisatges modificats per la mà del home impresos entre les dues tapes d'un llibre.

Fronts de glacera rosegats, com si el mar fos un animal rosegador. El cel ofereix quatre espectacles diferents, sobre el mar uns núvols, i uns altres sobre el gel de quatre kilòmetres de gruix, uns cúmuls inflats ronden les illes, i damunt nostre penja una lona gris. Naveguem per l'estret dels gegants de gel. Uns blocs de glaç punxeguts hi fan guàrdia, els cossos estriats, esculpits en alabastre. Parets picades, coure blau i un únic petrell, suau com una pinzellada, allunyat cent solituds del seu niu. Aquest ets tu, Zeno, et precipites en caiguda lliure cap al no-res, a la vinyeta del pròxim instant tu ja no hi sortiràs.

10

Sospita de..., va, de què? No es pot tenir tot. Què l'enfurismava tant? No l'hi sabria dir, hi havia poques coses que no l'enfurismessin. Això no ens ajuda gaire. Li posaré un exemple, l'any passat, en un circuit, el vaixell va tenir sobrereserva, dos conferenciants van haver de compartir la cabina, hi havia manca d'aigua, massa consum, i només s'obté aigua potable de la dessalinitzadora navegant a una velocitat superior als quinze nusos, o sigui que cada nit havíem d'anar a l'illa Decepción, i tornar, per tenir prou aigua a l'hora d'esmorzar, i això durant unes quantes nits seguides, si ens haguéssim quedat un dia més a l'Antàrtida hauríem gastat tot el combustible. I què? Això el va enfurismar. Sí, aquí, davant meu, a l'estació de trens, no és del tot blanc, el colom, tens raó, té unes taques negres i dues franges marrons, als costats, ni idea de com en diuen, d'això. Podem aconseguir-ne les imatges originals, d'una cadena de televisió colombiana, tenien un equip a bord, no teníem un material tan fort des del cas del petrolier que va envestir el port, us en recordeu?, no va poder virar ni aturar-se a temps, on va ser? Els treballadors del moll van veure venir la catàstrofe, van disposar de quinze minuts per evacuar-ho tot. Menjar sec, el benefici és a curt termini, la preocupació és longeva, hem d'examinar-ho tot plegat des d'una perspectiva més aviat psicològica, menjar d'estudiants, això supera la gent, en el sentit que tracta d'un futur que ja no viuran, singlot, sóc un escèptic devot, tos seca, tinc pastilles per a tot, unes t'engrandeixen, d'altres t'empetiteixen, i d'altres et fan oblidar, i la resposta correcta era: el llibre més gruixut és el llibre dels rècords, felicitats, us ho agraeixo a tots, carn de llauna, us estimo a tots BREAKING NEWS UNITATS ESPECIALS PRENEN PER ASSALT VAIXELL CAPTURAT BREAKING NEWS UNITATS ESPECIALS PRENEN PER ASSALT VAIXELL CAPTURAT és força sospitós

XI

S 64°50'3" O 62°33'1"

Sota meu es troba Neko Harbour (no hi ha cap lloc que m'agradi tant, a més), la llengua d'una glacera, una cala ovalada, un estret de mar al darrere, enrivetada de muntanyes que s'alcen escarpades, de les gepes d'unes criatures imponents en plena letargia estival; sota meu volen gavians dominicans fent llargues espirals. El vaixell sembla minúscul a la cala, insignificant, com si se'l pogués fer desaparèixer amb un comandament a distància. Inhalo la imatge fins que m'inunda la circulació sanguínia i la circumvolució cerebral. El Jeremy està assegut sobre una pedra sense neu, girat cap a la banda de la glacera, mirant de gravar com cauen fragments de glaç sorollosament al mar escumós. M'apunta amb la càmera sense avisar, quina sort, aquí tenim el protagonista de la nova superproducció *The Penguin Strikes Back,* si us plau, expliqui'ns quan va ser conscient que escriuria històries de creuers a l'Antàrtida. Com a resposta, l'obsequio amb una ganyota de fàstic. La càmera ni tan sols se sobresalta. Com se li va acudir la idea d'utilitzar un pingüí per eliminar un corcó? Per part meva, només moviments de cap negatius. El Jeremy s'aixeca i camina pesadament al meu voltant amb les seves botes feixugues, em bombardeja amb més preguntes mentre jo faig veure que tinc el cap a tres quarts de quinze per foragitar el pesat. Una última pregunta, si m'ho permet, qui farà de pingüí?, si almenys ens pogués revelar això. La neu no és prou dura per moure-s'hi ràpidament, el nostre riure és més àgil. Tall. Professor Z., per què li agrada tant el gel? El Jeremy s'ha aturat, amb les ulleres una mica entelades.

—Per la seva varietat.

—Ens ho podria explicar amb més detall?

—El més bonic que hi ha a la terra: varietat.

—Sí, d'acord, a tots ens agrada la varietat, però al gel?

—No hi ha res més variat que el gel. Un cos sòlid que porta dintre gas i aigua.

—Com les persones. Tall. Veiem un professor al turó que hi ha sobre Neko Harbour, intenta mantenir la seriositat, tot i que li agradaria riure, és la gravetat de la situació el que l'obliga, ell ha reconegut la gravetat de la situació.

—Ja se'n pot riure, ja, tot plegat fa riure.

—D'acord, ens posarem seriosos. Tall. Zeno, què és el que més desitges en aquest moment?

—M'agradaria quedar-me aquí, Jeremy.

—No hi podries sobreviure.

—Qui sap, amb la tenda i la motxilla i provisions de menjar sec.

—El capità em donaria una medalla, potser fins i tot un augment de sou, si et deixés aquí, no, espera, no pot ser, la Paulina em tallaria el cap.

—Estic cansat.

—Al començament de la temporada?

—Estic cansat de ser home…

—Ets un bon home, Mr. Iceberg. A vegades t'equivoques una mica, però…

—No de ser jo, Jeremy, de ser persona.

El Jeremy fa un pas endavant, un altre, m'abraça, inesperadament, és un ritual reservat per al comiat, li torno l'abraçada, l'estrenyo fort, massa fort, crida, no de dolor, sento xocar una cosa, tot acompanyat d'un renec, ens separem i veiem que la càmera de vídeo Full HD roda avall pel pendent escarpat, per darrere de la pedra sense neu, gairebé l'atura una petita elevació a la neu, hi podríem baixar, em passa pel cap, però continua relliscant avall, agafa velocitat, ha desaparegut del nostre camp de visió, som allà com dos lluitadors després d'un combat en què han xiulat el final abans d'hora, parem l'orella, esperem el soroll, com cau a l'aigua, però no ens arriba. Ens mirem. Tot i que no em surt cap paraula de la boca, dec dur la pena escrita a la cara, perquè el Jeremy s'afanya a consolar-nos: no passa res, l'entrevista amb tu era més aviat *lousy,* la càmera està assegurada, i ja he filmat Neko Harbour amb més bona llum. Va, recollim. El Jeremy arrenca una de les banderes vermelles de la neu, l'agafa amb la mà com si fos una llança o un arpó, segur que a ell també li ha passat pel cap aquesta imatge.

—Imagina't que una balena s'empassa l'última entrega de *Turbulències quotidianes,* imagina't que maten la balena, l'obren i els japonesos que investiguen amb tanta passió li troben la càmera a la panxa, imagina't que en treuen la targeta de memòria, la posen dins d'una càmera que no ha patit l'abrasió dels sucs gàstrics de la balena, premen *play,* i què veuen? La teva cara. I què senten després? Estic cansat de ser home. I tots fan que sí amb el cap, i un d'ells diu: jo també, i decideixen entrar a la panxa oberta de la balena, grapar-li la pell des de dins i tornar a tirar la balena al mar.

—Com deixen la balena al mar si tots són dintre de la balena?

—Un s'ha de sacrificar, un s'ha de quedar fora i ha de fer anar la corriola. Content, perepunyetes?

—Si passa de debò, estaré molt content.

—Doncs som-hi, avall, o com tu acostumes a dir en bava-
rès: «obi». *Let's go obi!*

Baixem prudentment, amb les banderoles a la mà, aviat a
la mateixa altura que les gavines, els pingüins de corona blan-
ca s'enfilen maldestres als sortints de roca, la capa de neu del
voltant tenyida per la seva orina, el color verd tan penetrant
com la pudor d'amoníac. Observada des de la platja, la gla-
cera és una cara amb milers d'expressions, i de totes emana
un misteri diferent a la llum del sol. Gairebé és excessiu, diu
el Jeremy. I jo no dic res. Ens quedem allà una estona, un al
costat de l'altre, encisats per les moltes escletxes on s'aboquen
els nostres pensaments, el pare, que de nit camina per casa, la
seva lletania ascendint fins a convertir-se en un lament, crida
més fort i queda enterrat encara més profundament sota el seu
crit. Em fa la impressió que les glaceres representen una vega-
da i una altra l'últim acte d'una obra de teatre dolenta.

Hi ha gel aquí, hi ha gel allà, hi ha gel pertot arreu, davant
nostre com una catifa, amb uns nusos que peten quan el nostre
pes els trenca, darrere nostre com un mirall que s'ha trencat
en mil bocins. Quan les pannes de glaç es toquen, sonen com
campanetes, si xoquen contra el buc, se sent com si ressonés
un tret. Quatre anys enrere, en aquesta època de l'any enca-
ra no hi hauríem pogut passar. A terra, uns follets mariners
competeixen fent contorsions perquè parem atenció, molt
més amunt vigilen uns àngels, les ales a tocar del seu cos glaci-
al. A vegades, quan no els observa cap altra criatura, els follets
es capbussen a l'aigua negra i es submergeixen fins al fons per
respirar tranquil·litat. El glaç flotant acaba com si l'hagues-
sin perfilat amb regle. Durant uns instants he pogut imaginar
que el gel s'espessia, envoltava el bot i no el deixava anar. A la
coberta preparen una barbacoa, un sopar a l'aire lliure men-
tre el vaixell llisca per un estret més ample. El temps és suau,
l'ambient eufòric. La música ja ressona als altaveus, s'ha de

ballar vestit amb l'uniforme polar, *sunshine, sunshine reggae,* pas de dos amb botes de neu, *don't worry don't hurry take it easy,* l'olor de bistecs fets a la brasa s'estén per l'aire, *sunshine reggae,* una parelleta em demana que els faci una foto, *cheese,* dic, *honeymoon,* diu ella amb la boca com si fes un petó, *let the good vibes get a lot stronger,* tampoc trobaré a faltar això.

Arriem l'àncora amb les darreres llums del dia, en una cala plena de pannes de gel, n'hi ha de rodones com balenes blanques, de primes com les aletes, de punxegudes com les seves dents, i entremig flota un cigne amb el cap inflat. Es fa fosc, lentament, un paràsit surt a corre-cuita del seu niu i li arrenca un últim crit al cel obscur. Desitjo la mort amb totes les lletres.

11

Com s'ho ha fet, Carstens, per enviar la nostra companya jus-
tament al vaixell que han segrestat?, és vostè un geni. Si una
cosa no fa res, tampoc pot fer mal, que potser sóc ornitòleg?,
un colom vulgar ha intentat aterrar, el terra estava acabat de
fregar, rellisca sobre el terra, sí, això és tot, res més, doncs
perquè tu m'has preguntat que com era que m'havia distret,
la idea d'una butxaca buida espanta més la gent que la idea
del seu propi ocàs. Es descriuria vostè com un enemic de
la humanitat? En un sentit positiu. S'estima més els ocells
que les persones? Pregunti-ho als meus fills. No creu que
un amor massa fort per la natura porta inevitablement a la
violència contra les persones? Al contrari, una manca d'amor
a la natura porta a la violència, també contra les persones.
Equipara vostè animals i persones? Tots són igual de valuo-
sos Els humans no són éssers superiors? No, que jo sàpiga.
No deixarem que ens espatllin la festa, dos cabirols als afo-
res de la ciutat, els vehicles s'aturen, els cabirols travessen
el camp trotant, el got és mig buit o vessa, quan pica fort, es
queda, quan pica fluix, se'n va. Tenim la llista de passatgers,
increïble la de VIPS que es reuneixen quan envien un vaixell a
l'Antàrtida, vull saber-ho tot de tots, sobretot d'aquest magnat

del lignit de Virgínia de l'Oest, que ha aplanat mitja muntanya abans de vendre's l'empresa a la Patriot Coal, també d'aquest apassionat dels ocells que a la vida real és productor de porno, i del presentador de telenotícies que estava de permís perquè li havia marxat la veu, aquestes són les notícies que ens calen, Carstens. Jo no remeno les escombraries, naturalment, era paper per reciclar, vaig veure des de la finestra que llençava llibres al contenidor, això em va encuriosir, vaig anar fins al contenidor, tot i que està a la cantonada, com si hagués intuït el que hi trobaria, les coses més boniques, volums de bibliòfil, primeres edicions, tot dins del contenidor, al costat d'envasos de pizza i fulls de publicitat, havia de salvar els llibres, jo no remeno les escombraries BREAKING NEWS ELS PASSATGERS RESCATATS TORNEN FELIÇOS A CASA BREAKING NEWS ELS PASSATGERS RESCATATS TORNEN FELIÇOS A CASA això ha anat com oli en un llum

XII

S 64°27'1'' O 62°11'5''

Per primer cop en molts anys, des del més calorós de tots els estius, que va venir després d'altres estius calorosos, des de l'estiu en què l'informe climàtic que publicàvem al juny ja va ser superat a l'agost, per primer cop des que m'havien operat per extirpar-me la meva vida quotidiana fal·laç i la meva glacera va morir, aquesta nit no ha amenaçat cap malson. He dormit sense visions del futur. Quan m'he despertat, em sentia tan reanimat com si m'hagués sotmès a una cura de cèl·lules fresques. Em quedo al llit, una llum temorenca s'esmuny per sota de la cortina. Un altre dia, un dia com cap altre. La Paulina s'estira. Fora, un passatger fa la seva ronda matutina. La cara de la Paulina es percep a la claror del llum que hi ha sobre la tauleta de nit. Qui ets tu? pregunto. Una noia encantada, contesta ella, que s'ha de transformar en la primera criatura que veu quan es desperta.

—Una maledicció terrible!

—Sí, imagina't que fos el cap de cuina. Però he tingut sort, t'he vist a tu.

—D'això en dius sort? T'has transformat en un home vell, en un home vell i lleig.

—Em transformaré en tu, en el Zeno. Però, escolta'm, el conte continua, tu també estàs encantat, pel mateix esperit.

—Quina mena d'esperit?

—És un esperit que ho embolica tot, tu t'has de transformar en mi.

—M'ha tocat el millor final.

—Llavors estarem units de debò, com el Zeno i la Paulina en el nostre record, i com la Paulina i el Zeno ara.

Estira el braç per damunt de l'escletxa que s'obre entre els dos llits, les nostres mans s'entrellacen, no conec cap gest més vinculant. Començo a fer-li un massatge als dits. Et fa por l'infern? em pregunta de sobte, tots dos encara sota les mantes, girats de cara. No puc contestar de seguida, em concentro en els seus dits, més prims cap a les ungles, intento treure'm del damunt la idea que aquesta serà l'última vegada que ens despertem junts. Amb l'índex li toco el tou dels dits, un després d'un altre, sense saber si la seva pell retindrà el contacte. Si estigués en el seu conte i encara em quedés un desig, demanaria que entre el continent glacial i l'illa de Brabant fluís el riu Leteu.

—L'infern no és un lloc, contesto finalment, l'infern és la suma de les nostres omissions.

Em mira desconcertada, els seus dits se'm claven al dors de les mans, el seu polze em pressiona dolorosament el carp.

—La conclusió, la conclusió tardana, molt tardana, que no has fet res, que podries haver fet alguna cosa, que hauries d'haver fet alguna cosa, això és l'infern. I no te'n pots escapar.

—Ho entenc, diu ella, em vols tranquil·litzar. Els seus dits es relaxen. A la teva manera, em vols dir que tu no aniràs a l'infern.

El Dan Quentin està dret amb un megàfon a la mà sobre un piló de pedres i dirigeix els seus figurants, abrigats de vermell sobre el gel i per sota de la seva posició. Imagineu-vos el sos, se sent retrunyir pel megàfon, al mig hi ha el cercle, símbol de l'indestructible, la rodonesa de la vida, i hi ha dues serps al costat. Per què parlo de serps i per què parlo de dues serps? Perquè es tracta de dos estats fonamentals, penseu-hi quan formeu la S, això és important, l'estat de l'enverinament, aquest n'és un, i l'estat de la curació, aquest n'és l'altre, are you with me? El Dan Quentin deixa el megàfon i passeja la mirada per l'obra d'art que s'està creant: tres-centes persones que esperen les seves instruccions. Sembla content, satisfet. En nombroses entrevistes comentarà com va aconseguir fer aquella obra mestra. Quan haurà dit tot el que volia dir, la presentadora li preguntarà amb veu tímida com havia superat el drama posterior al seu màxim èxit artístic. Llavors, el Dan Quentin explicarà amb veu solemne... *Now, all together, give me a S*, tot de braços vermells amunt, *give me an O*, tot de braços vermells amunt, *give me a S*, tot de braços vermells amunt, *give me a proud and loud* sos, tots els braços amunt, és la fira, la festa de la cervesa al sud més profund, tot de veus s'alcen com fumeroles, diferències lingüístiques de color vermell, negre, blanc i gris, jo sóc prop del Quentin, a la cara se li veu una emoció profunda i tensa, el personal de coberta perfecciona alguns bonys a les línies arquejades, els filipins s'ocupen de tot en aquest viatge, fins i tot d'un sos sense angles ni punxes. Els bots neumàtics porten més membres de la tripulació, que assalten com soldats endarrerits el petit turó per no perdre's l'espectacle.

—Ja n'hi ha prou, em crida el Quentin, ja tenim prou gent.

—Hi volen participar.

—No ens fan falta.

—Massa tard.

—Que se'n tornin, només fan nosa.

—Massa tard, la tripulació també vol participar en el sos.

—No és així com havíem quedat.

—*The more the merrier*, es va dir.

Em referia als passatgers, crida el Quentin des del seu piló de pedres, *hurry, hurry,* se sent grallar pel megàfon, el mànager i els seus ajudants col·loquen les cambreres, els cuiners, els tècnics, les dones de la neteja i les de la bugaderia a la serp feta de notaris, assessors d'empresa, gerents i analistes financers, en una S que s'engrandeix, també hi ha la Paulina, la puc distingir un moment entre la multitud, darrere seu el Ricardo, que li ha posat les mans sobre les espatlles, abans de perdre-la de vista, la llum del sol entra de sobte fent tentines a la nostra festa del gel, *this is the moment,* el Quentin s'afanya a venir cap a mi, m'apunta amb el megàfon, *it's now or never,* està preparat per aprofitar el moment històric, un Napoleó de les arts, corre cap a l'helicòpter a pas lleuger, això em dóna l'entrada, li comunico al Jeremy per ràdio que he de tornar al vaixell, que El Albatros se n'ha anat a buscar un niu de corbs marins imperials que hi ha a la vora, la Beate ha trobat lloc en una corba de la segona S, l'helicòpter s'enlaira, totes les mans saluden, el mànager del Quentin corre entre el personal de coberta, segurament per recordar-los que s'han d'allunyar de la imatge, que ells són l'estructura que s'ha de desmuntar com més de pressa millor perquè pugui resplendir un SOS pur, i jo demano que em dugui al HANSEN a un dels homes que porten els bots i esperen, accepta de mala gana perquè no es vol perdre l'exhibició, però el seu humor millora quan li dic que hi podrà tornar de seguida, i que també s'haurà d'endur tots els companys que queden a bord, fins i tot la recepcionista, que ho hem acordat així amb el capità, *today is a happy day, today is a holiday.* Com menys gent hi hagi a bord, més fàcil em serà.

Des de la coberta veig el SOS a ull nu, amb els prismàtics reconec els passatgers, la mirada dirigida cap a l'helicòpter, que fa una primera volta per damunt seu, la llum centelleja a l'objectiu del Dan Quentin com una explosió, com un tret de sortida visual. Als pocs tripulants que hi ha a la borda, que s'hi han quedat com a tripulació d'emergència, els demano que arriïn un dels bots salvavides i es preparin. S'ho empassen, quan els dic que el capità vol veure també en aquelles aigües, amb un temps tan estable, el que han practicat. Ara només em falta convèncer els decisors perquè també pugin al bot salvavides. El brunzit de l'helicòpter i els grinyols de les corrioles m'acompanyen a l'interior del vaixell.

Per fi sol. En un mar tranquil i no en una ona de la història, sol a bord d'un creuer que es pot pilotar amb una joystick, com si el recorregut entre les illes de glaç fos un joc d'ordinador des de fa temps. La meravella tècnica es diu *Track Steering*, només cal canviar de posició una petita palanca perquè el vaixell segueixi una ruta programada amb anterioritat, i l'oficial de navegació, el Vijay, em va ensenyar un dia a alta mar com s'hi introdueix una ruta, xerràvem, de Ladakh i del Tibet, les travessies sense tempestes consisteixen en torns avorrits, de Kailash i Gangotri, he introduït alta mar com a destí, tal com ell em va ensenyar, un punt qualsevol en l'extens Atlàntic, sembla que funciona, el vaixell solca l'aigua, avançarà també sense mi. El pont disposa de tres radars (el mar és negre, la terra és groga), i de dues brúixoles (magnètica, electrònica), no em caldrà res de tot això, ni tampoc l'*Automatic Identification System*, que assenyala als altres on es troba l'MS HANSEN, i a mi m'indica què se li acosta. M'atraparan. He abaixat la bandera del pal de proa i l'he llençat a la paperera del *plastic waste*.

Serà un dia llarg.

Algú trobarà aquest quadern, algú el llegirà, el publicarà o l'amagarà. Sigui com sigui, no tinc cap necessitat de donar més explicacions. Una persona és un enigma, mil milions de persones, organitzades en un sistema parasitari, són una catàstrofe. N'estic fart, de ser home en aquestes circumstàncies. «Sería bello ir por las calles con un cuchillo verde y dando gritos hasta morir de frío». Davant de totes les cases, hi penja un ocell esbudellat.

Abans pensava que m'havia de defensar de la misantropia latent, ara tinc molt clar que hem d'empènyer els éssers humans del seu pedestal per salvar-los. Quina importància té si són cecs o dements, sords o curts de gambals? Només els pot espantar una bona garrotada. Estic tranquil i decidit. Tanco l'interruptor general, tots els llums s'apaguen a bord.

Ha arribat l'hora.

Què em consola? Que no quedarà res dels humans, excepte uns quants copròlits.

Sortiré quan es faci fosc, volaré envoltat de peixos de gel i ascidis, que nedaran sota meu, de rajades que lliscaran damunt meu, volaré fins que la meva sang es coaguli i es torni gel.

12

Són unes mides perfectes, coure, els pardals refilen a les teulades, treu-t'ho del cap, s'han d'exigir sacrificis a tothom, mentre la demanda sigui com cal, platí, no ho qüestiona ningú, d'això en dic jo eficiència, tard o d'hora a totes les estrelles els arriba l'hora, ferro, de nit tots els gats són negres, petroli, quines mides més perfectes, hem d'estar preparats per a qualsevol emergència, lol, retards inexplicables a tot arreu, crom, fem el que podem, a la seva làpida ha de dir: desconfieu dels supervivents, ulls oberts i endavant les atxes, qui parpelleja està mig perdut, or, mala sort, no ho qüestiona ningú, tret dels que ho desmenteixen, no hi tens res a pelar, i és clar que vull anar a casa com abans millor, no, no estic aquí palplantat a posta mirant coloms, jo què sé quina cara fan, d'inseguretat, sí, d'inseguretat, carbó, mal programat, ens n'hem sortit per poc una altra vegada, urani. Hem escorcollat tot el vaixell, ningú a bord, segur, ningú a bord, ni idea de què se n'ha fet del segrestador, hi hem trobat una cosa, una mena de senyal de vida al costat de la consola del timó, al pont, un quadern, tot escrit, en alemany, si no m'equivoco, potser ens donarà informació sobre els fets. Vam fugir cap al sud, allà plouen dòlars com flocs de neu, allà el clima comercial és variable i la temperatura relativa va cap a la bancarrota. M'he equivocat, encara hi ha algú a bord, l'hem descobert a les pantalles de vigilància, una dona gran, rondava pel passadís, sembla trastocada, té els ulls vidriosos, diu que la va atacar un pingüí, no és gaire creïble, afirma que no sap res del segrest, ja ho sé, diu que dormia profundament pels antibiòtics, l'haurem d'interrogar, naturalment. Els que tenen massa pes es creuen fora de perill, al matí, a la tarda i a la tardor, preparats per a qualsevol cosa, treballem per cavar una tomba al seu futur, the revolution will not be televised, preparats per a qualsevol cosa, ho repeteixo, the revolution will not be televised BREAKING NEWS AVUI S'APAGUEN ELS LLUMS DURANT CINC MINUTS BREAKING NEWS AVUI S'APAGUEN ELS LLUMS DURANT CINC MINUTS això no té

fi

Qualsevol temps passat no fou millor. Podem construir-ne de millors. Com a individus sovint ens sentim impotents davant de l'estat del món (i erròniament creiem que aquesta impotència justifica la nostra indiferència), però això no ens allibera de la nostra responsabilitat. Podem imaginar crear innovar, com fa l'autor en aquesta novel·la. És allò que ens fa humans. És allò que pot canviar l'estat de les coses.

M'agradaria
Amanda Mikhalopulu
Traducció: Mercè Guitart

El primer dels llibres d'Amanda Mikhalopulu publicat en català. Un text de tretze relats sorprenentment polimòrfic i promiscu en tons i registres, vacil·lant entre la malenconia i l'alegria, el metafísic i el col·loquial, una lectura que inspira un vertiginós plaer sense infravalorar el lector.

Amb influències de Borges i Calvino, Mikhalopulu exhibeix la seva pròpia veu en mostrar la fragmentació de la realitat, l'experiència i l'existència, la seva càlida acceptació que la vida es nega a moure's de manera lineal.

«U1... ·lecció de tretze contes valent i commvedora»
Guanyadora del Premi de Literatura Internacional de la National Endowment for the Arts per a la seva edició en llengua anglesa.

«"Moviment Contracorrent", així denomina Amanda Mikhalopulu el seu nou llibre, Una col·lecció de tretze històries curtes que es llegeixen com un tot unificat. En acabar *M'agradaria*, ens adonem que hem de tornar a llegir-lo des del principi, tornar a avaluar la informació que se'ns ha donat. Aquí radica l'atractiu i la innovació d'aquesta obra.»
Kathimerini.

«L'estil àgil i ingenu de Mikhalopulu dota les seves narracions de dolçor, vivacitat i sensibilitat, suavitzant les seves afilades arestes. Sota l'obstinat to alegre del narrador, podem discernir un lament constant, encara que esmorteït, per la infància perduda… En aquest llibre, Mikhalopulu tracta la seva obsessió —el fet d'escriure en si mateix—, amb major audàcia i enginy que mai.»
Eleftherotypia.

Amanda Mikhalopulu és una de les principals autores gregues contemporànies, la seva obra ha estat traduïda a l'alemany, anglès, italià, suec, serbi, rus i txec.

a co